BOMPIANI

Dello stesso autore, presso Bompiani:

Fughe da fermo
Ride con gli angeli
Rebecca
Figli delle stelle
L'età dell'oro
Per sempre
Storia della mia gente

EDOARDO NESI
LE NOSTRE VITE SENZA IERI

BOMPIANI

© 2012 Bompiani / RCS Libri S.p.A.
via Angelo Rizzoli, 8 – 20132 Milano

ISBN 978-88-452-6947-9

Prima edizione Bompiani: febbraio 2012

Carlotta, Ettore e Angelica

*Se si escludono istanti prodigiosi
e singoli che il destino ci può donare,
l'amare il proprio lavoro (che purtroppo
è privilegio di pochi) costituisce
la migliore approssimazione concreta
alla felicità sulla terra.*
Primo Levi

Tutto è in frantumi e danza.
Jim Morrison

Ieri

Arrivo davanti alla scuola appena in tempo per sentir suonare la campanella, e dopo qualche minuto decine di ragazze e ragazzi sciamano nel cortile e poi in strada, sorridenti, intrisi di vita e di futuro, senza nemmeno degnare d'uno sguardo il traffico che si ferma per lasciarli passare. Spettinati, i volti pallidi schizzati d'acne, le felpe con le scritte incongrue, le schiene gobbe sotto il peso degli zaini pieni di libri, si salutano come se non dovessero vedersi più, soprattutto le ragazze, che si abbracciano e si tengono per mano guardandosi negli occhi. Non conta nulla se domattina saranno di nuovo insieme, nella stessa classe, morte di sonno eppure piene d'energia, unite da un impegno e da una promessa. A quell'età meravigliosa ogni minuto è importante, e ogni abbraccio pesa. Qualcuno vocia una battuta in latino, e molti ridono. È un liceo classico. Che Dio li benedica e li conservi, studiano il latino e il greco antico nel 2012.

Angelica mi compare accanto all'improvviso, allegra e fresca come un fiore, e spezza il filo già attorcigliato dei miei pensieri. L'abbraccio forte – un po' troppo a lungo, forse, per non imbarazzarla davanti alle sue amiche. È tutta la mattina che la penso.

Solo pochi giorni prima, mentre la riportavo a casa da scuola, il traffico mi aveva costretto a cambiare la strada che prendo sempre e mi ero addentrato in una di quelle zone deindustrializzate di Prato in cui i condomini dai balconi di cemento a vista hanno preso il posto degli stanzoni dove eroicamente, fino a qualche anno fa, si filava e si tesseva e si arroccava e si carbonizzava e si lavava e si aspava e si ritorceva e si stribbiava e si tingeva.

D'un tratto avevo sentito l'odore della lana, in mezzo a quei palazzi, e m'ero fermato per farlo sentire anche a lei. C'eravamo tolti i caschi e le avevo detto che, negli anni in cui lavoravo nella nostra ditta che ora non c'è più, avevo vissuto ogni giorno in compagnia di quell'odore caldo e umanissimo.

– Chissà da dove viene, è un mistero, – le avevo detto, sperando d'interessarla a questa cosa proustiana, l'eco flebile di un odore fantasma di tonnellate di lana filate e tessute tanti anni fa. – Perché lo senti anche te, vero?

Angelica aveva alzato gli occhi dal telefonino, mi aveva fissato e, dopo un secondo, aveva annuito.

– Scherzo.

Le avevo detto che è un odore composto da una mistura di due odori, quello del grasso naturale della lana e quello dell'*unzione* di filatura con la quale veniva irrorata per facilitare la lavorazione. Le avevo detto che era l'odore del passato, del mio passato. L'odore del lavoro. Lei mi aveva guardato per un attimo e poi mi aveva fatto una carezza.

Stamattina m'è mancata tanto lei e mi manca tanto suo fratello, che uscirà tra qualche ora dalla stessa scuola, immerso in una fiumana gemella di studenti e studentesse solo un po' più grandi. Abbraccerei stretto anche lui, se l'avessi davanti a me. Non penso che a loro da quando, l'altra sera, sono venuti da me e mi hanno chiesto se la Grecia – "La Grecia *di Pericle*, babbo" – fallirà, e cosa succede quando una nazione fallisce, e se potrebbe fallire anche l'Italia.

Perché avevano sentito dire alla televisione – dal nuovo presidente del consiglio, babbo, non da un annunciatore – che potrebbe fallire anche l'Italia, e volevano sapere cosa succederebbe alla nostra famiglia. Dobbiamo andare via da casa nostra e tornare a stare dai nonni? Dobbiamo vendere tutto ciò che abbiamo? Le scuole rimangono aperte, se fallisce l'Italia? E i negozi? I cinema? La biblioteca?

Angelica aveva aggiunto che una sua amica inglese l'aveva presa in giro su Facebook. Le aveva scritto che in tutta Europa il Portogallo, l'Italia, la Grecia e la Spagna sono chiamati i PIGS, i maiali. Le nazioni-maiale. C'era rimasta malissimo. S'era offesa. L'aveva mandata a quel paese, o peggio. Le aveva tolto l'amicizia. L'aveva persino *bloccata*.

– Babbo, come si permettono?

Non ero riuscito a rispondere subito. A vederli così preoccupati, a toccare con mano il loro sgomento per il futuro, m'ero vergognato di appartenere a una generazione di padri cui tocca sentirsi rivolgere domande terribili come queste. M'ero fatto forza, però. Avevo sorriso e risposto di no: l'Italia non fallisce. E non fallisce neanche la Grecia.

– Non fallisce nessuno, state tranquilli.

Avevo scompigliato loro i capelli come quando erano piccini, li avevo abbracciati e rimandati sereni al fulgore delle loro vite, e mentre scavallavano giù per le scale avevo detto alle loro schiene in tono fintamente burbero che pensassero alle cose da figli, ché alle cose da padri ci pensa il babbo.

Poi ero andato alla finestra, a guardare fuori senza vedere nulla, e m'ero detto che, certo, non potevo rispondere altro: ma avevo detto la verità? Oppure la verità è che nessuno può rispondere alle domande dei miei figli perché, molto semplicemente, *una situazione del genere non si è mai verificata prima*, e dunque tutti – da Barack Obama all'ultimo consigliere circoscrizionale di Prato – vagelliamo e ci agitiamo nella penombra di un'epoca triste e impaurita?

C'ero rimasto male anch'io – e m'ero offeso anch'io – per quella storia dei PIGS. Lungi dall'essere una di quelle ciniche, irresistibili freddure anglosassoni, assomigliava più a una sentenza già scritta, già condivisa, con la quale si condannava l'Europa del sud a diventare l'estrema periferia dell'impero, una regione dal passato illustre e dal presente residuale, dimenticata e impoverita, incapace di badare ai propri interessi e tanto meno di difenderli, poco più di una grande colonia turistica, un *buen retiro* – una versione gigantesca del vecchio stadio del tennis del Foro Italico di Roma dove Adriano Panatta a volte sconfiggeva Bjorn Borg circondato da statue neoclassiche che sembravano guardare anch'esse la partita e compiacersi dell'armonia delle sue veroniche; un'immane distesa di campi da golf cinti da musei e monumenti e ristoranti, dove per le nostre figlie e i nostri figli resta solo la scelta tra diventare cameriere, caddy o custode, per poi indossare uniformi senza simboli e passare le giornate a servire chardonnay ai nuovi ricchi del mondo, accompagnare settantenni portando le loro borse piene di mazze, montare la guardia a quadri antichi e rovine. Come se, invece d'essere le vittime del futuro distopico e dissennato che abbiamo irresponsabilmente apparecchiato per loro, non fossero che gli eredi inetti e dissoluti, esangui di pensiero e volontà, di quello che un tempo era un grande patrimonio, una grande storia.

Del resto, noi italiani, noi europei del sud sappiamo da tempo d'esser stati condannati a vivere in questa assurda Babele globale costruita solo e apposta per ingrassare i bilanci delle banche e delle multinazionali. Sappiamo bene che i nostri paesi dovranno conquistarsi di nuovo – da zero, forse, addirittura – il diritto di avere un futuro. Perché bisogna in tutti i modi allontanare dal nostro destino l'incubo di finire nel mondo di Giovanni Battista Piranesi, il maestro incisore del Settecento che dedicò la vita a ricreare col bulino la magnificenza della grande architettura romana di ogni periodo storico, dall'antichità repubblicana e imperiale fino al Barocco.

È difficile non incantarsi ad ammirare la bellezza pura delle sue opere, l'imponenza e la magnificenza degli edifici che ritrae, la precisione certosina del dettaglio con cui sono resi, il loro giganteggiare e riempire quasi interamente lo spazio della tavola come se il resto del mondo davvero nulla contasse, indegno persino d'esser raffigurato sullo sfondo. Quasi sempre, quasi tutti tendiamo a dimenticare che sono sempre immagini di monumenti in rovina.

Piranesi era conterraneo e quasi contemporaneo del Canaletto. Mentre il grande pittore veneziano mostra il terso, elegante, sublime, eterno splendore della città più bella del mondo, le potenti e drammatiche vedute del grande incisore raccontano uno splendore simile e forse anche maggiore, però passato. Perduto.

Mi commuovo sempre davanti a una veduta di Piranesi. Non è l'arte del maestro che vedo, ma il suo soggetto. Prima ancora di ammirare il monumento, guardo il resto della composizione. Lo sfondo. Ciò che sta accanto e intorno e sopra all'edificio. È il nulla. Non c'è nulla intorno ai grandi monumenti che Piranesi ci mostra. Solo campi e terra battuta e pozzanghere accanto ai palazzi e ai templi e agli archi feriti dal tempo. Mendicanti. Bambini scalzi. Cani. Pecore al pascolo. Piante cresciute da semi che il vento ha depositato tra le pietre antiche, dentro le crepe dei muri. Sono immagini terribili, di un mondo irrimediabilmente decaduto e senza più orgoglio di sé.

Piranesi ci mostra la rovina, i tetti dei templi crollati, le cupole delle chiese schiantate dai secoli, dalle intemperie, dalla negligenza e dall'ignavia di quegli uomini miserabili e vestiti di stracci che stanno loro accanto immobili, inermi, condannati a dover vivere circondati dalle opere di un passato di grandezza assoluta senza essere in grado di aggiungervi, nulla se non la propria disperazione. Giocano a carte sotto cieli vuoti, altissimi e incupiti. Si appoggiano ai muri mezzo crollati. Che fanno? Parlano, gesticolano, si accapigliano, si scambiano paccottiglia, pascolano le pecore. Sono i padroni di un mondo che non vale più nulla, figure che si agitano vane in un deserto del desiderio, sconfitte nella sfida contro i loro padri che costruirono lo splendore d'un passato del quale a loro è rimasto solo di poter vivere la lenta rovina.

Ogni tanto me lo dicono, che sono un pessimista, e io mi arrabbio sempre. Io sono *un ottimista*. Devo e voglio esserlo. Lo odio, il pessimismo, l'ho sempre odiato, e ora più che mai – mentre sto ancora abbracciando la mia bambina davanti al suo liceo classico, circondati dall'allegria, dall'entusiasmo, dall'energia, dal futuro.

Però non posso fare a meno di chiedermi che lavoro andranno a fare, i nostri figli e le nostre figlie. Riusciranno in qualche modo a non finire impaniati nella girandola di quegli impieghi finti che avviano e finiscono, avviano e finiscono, sempre diversi e pagati pochissimo, e non formano e non impegnano né loro né l'azienda che li assume? Gli basterà sentirsi liberi solo di poter passare da un misero, temporaneo lavoro di merda a un altro misero temporaneo lavoro di merda, senza mai imparare nulla e diventare, così, perfettamente intercambiabili, perfettamente sostituibili, merce anche loro?

Ma che vita è, questa?

Quale società e quale futuro potranno mai scaturire da un'intera generazione allevata nella barbarie di un'imitazione di democrazia, costretta a rincorrere un simulacro di posto di lavoro? Quali manufatti impareranno mai a produrre, questi nostri giovani continuamente sradicati, apprendisti perpetui d'una vita lavorativa che per loro sembra non voler cominciare mai? Quale potrà essere la qualità del loro impegno, del loro lavoro? Li abbiamo lasciati per anni davanti alla televisione a guardare cazzate su cazzate, ad assistere attoniti all'affermazione pubblica di incapaci e mentecatti e ladri confessi mentre intorno a noi l'economia avviava a crollare, prima lentamente e poi a rotta di collo. Perché mai oggi una qualsiasi impresa dovrebbe assumerli, invece di aprire una filiale o una fabbrica nel Lontano Oriente, dove i loro motivatissimi coetanei le costerebbero la metà? Cosa gli abbiamo insegnato, d'importante? Cosa *sanno*, le nostre figlie e i nostri figli, in più dei cinesi?

L'Italia non fallirà, no, ma si dovrà avviare a fare giustizia di qualche idea scintillante e insostenibile, di molte persone il cui successo passato impedisce di vedere lucidamente il futuro, delle illusioni da quattro soldi che sono state sparse per anni davanti ai nostri piedi, e del fantasma più ingombrante e rumoroso di tutti: il nostro passato.

Dovremo avere il coraggio di metterlo da parte una volta per sempre, fors'anche di provare a dimenticare quel ruggente mondo perduto nel quale vivere e lavorare poteva essere incomparabilmente più facile e libero e fruttuoso e bello – sì, *bello* – di quanto lo sia oggi. Nel nuovo pianeta tagliente che ci è stato consegnato, dove le regole sono diventate legione e spesso si ha la sensazione che vengano create contro di noi, il ricordo delle selvatiche, sbrigative, efficacissime lezioni di vita dei nostri padri e delle nostre madri può farci più male che bene.

Il futuro non è più un'immensa autostrada vuota, e l'economia italiana non è più una rombante Ferrari a dodici cilindri. A noi, alle nostre figlie e ai nostri figli è toccata in sorte una stradina stretta, e siamo al volante di un'utilitaria ibrida, in mezzo a un traffico infernale.

È una vita senza ieri quella che ci apprestiamo ad affrontare nel ventunesimo secolo, ma poteva andarci peggio – ai nostri bisnonni toccò la prima e ai nostri nonni la seconda guerra mondiale. Non c'è più tempo per lamentarsi, per intenerirsi a ricordare l'odore della lana. A dirla tutta, non c'è mai stato. Ricorda con struggimento il passato solo chi teme il futuro, e questo davvero non possiamo più permettercelo. Io, di certo, non posso e non voglio più permettermelo, di temere il futuro. Lo affronterò, e vada come vada.

Al passato, però, vorrei dare l'addio che merita. Chiederò l'aiuto di un carissimo amico che non sento da un po' di tempo: quel vecchio pirata che m'ha insegnato che, quando si deve lasciare una persona che abbiamo amato, bisogna farci l'amore per l'ultima volta. Meglio che si può.

E poi andare avanti.

Quasi sette miliardi

Nella prima metà di giugno dell'anno 1995, in uno splendido pomeriggio di sole e vento profumato d'estate, il Commercialista entrò nella sala-riunioni dell'Azienda, si tolse la giacca, l'accomodò con attenzione sullo schienale di una delle otto soffici poltrone Frau del color del gelato alla crema, allentò il nodo della cravatta e si sedette al grande tavolo di marmo bianco statuario per riordinare le sue carte, in attesa dell'arrivo dell'Imprenditore.

Il Commercialista non era davvero un commercialista, ma un preparatissimo ragioniere salernitano dalla calma sempiterna e dai modi gentili, armato di quella serena imperturbabilità dei mediterranei che rivela solo il rispetto di sé e degli altri e non il distacco, non la timidezza, non la saccenteria. Uomo serissimo, era capace di annunciare qualsiasi notizia con la stessa espressione del volto e con lo stesso tono di voce piatto, e così non era mai possibile capire in anticipo se la notizia che stava per dare era buona, oppure no. Amava la completezza e l'esattezza dell'esposizione, e non gradiva granché rispondere alle secche domande che erano costume degli imprenditori di quella città turbolenta in cui era finito a lavorare, e così cercava sempre di concentrare in lunghe frasi precise la gran parte di ciò che doveva dire, nella speranza vana di non essere interrotto – cosa che proprio non sopportava.

Riservava ai numeri un'attenzione particolare, il Commercialista, e li pronunciava sempre fino all'ultima cifra, fossero migliaia o milioni o miliardi di lire, sempre molto lentamente, l'eloquio appena appesantito da un lieve difetto di pronuncia che lo portava ad arrotare e quasi masticare certe consonanti, cosicché i milioni diventavano "mid*d*ioni" e la partita IVA "pa*sh*tita IVA". Ascoltarlo leggere un bilancio voleva dire sottoporsi a una litania interminabile e ipnotica di numeri che, una volta superato il traguardo intermedio dello stato patrimoniale, sembravano perdere ogni senso e acquisire un'effimera materialità, e avviare a librarsi e contorcersi nell'aria come le volute del fumo d'una sigaretta, a confondere le menti fameliche e frettolose degli imprenditori che ben poco apprezzavano l'accuratezza e la sottigliezza del suo lavoro.

Il Commercialista attendeva paziente già da una decina di minuti e aveva ormai finito di scartabellare, quando l'Imprenditore entrò nella sala-riunioni con l'impeto della tramontana, olezzante di Eau Sauvage e abbracciato da un abito di lino irlandese blu sotto il quale spiccava una camicia bianchissima, anch'essa di lino irlandese, congedando il manipolo di giovani, famelici tecnici tessili che gli stavano alle calcagna, ognuno con un campione di tessuto in mano e l'ambizione di farlo approvare dal titolare, con un imperioso, definitivo, ringhiato:

– Ora non posso, ragazzi.

Dopo essersi scambiati una stretta di mano calorosa ma composta, i due si sedettero uno davanti all'altro, e per qualche lunghissimo secondo nessuno disse niente. Giacché odiava ogni attesa, anche la minima, l'Imprenditore stava per lanciarsi in una battuta rompighiaccio, quando il Commercialista lo anticipò. Si sporse in avanti fino ad appoggiare entrambi i gomiti sul tavolo di marmo, si puntò gli indici sulle tempie imbiancate di recente, immobilizzò ogni muscolo facciale e annunciò:

– Cavaliere, ho appena finito di esaminare il bilancio provvisorio, quello del seme*sh*tre, e ho voluto incontrarla subito perché qui è necessario prendere... per così dire... dei provvedimenti urgenti. Perché certo io so bene che la sua è un'azienda... per così dire... stagionale, e a questo momento della stagione ha già fatturato gran parte di quello che ci si aspetta possa essere il fatturato di tutto l'anno... ecco... E so bene che... che è stata consegnata gran parte della produzione e che i clienti hanno già pagato tutte le fatture fino all'ultima lira, senza neanche una contestazione sulla qualità, neanche un insoluto...

Abbassò la testa a frugare nelle sue carte, il Commercialista:

– Veramente ce n'è uno, di insoluto... Uno solo... È di un cliente italiano, credo, questo... Ecco, sì, Confezioni Lo Turco... Ma è poca roba... Dov'ero rimasto? Ah, sì, insomma risulta dai tabulati che il fatturato della ditta è salito anche quest'anno...

– Come ogni anno, da vent'anni, – volle precisare l'Imprenditore. Deglutì a vuoto e si appoggiò allo schienale della poltrona.

Era tutta la mattina che deglutiva a vuoto, da quando il Commercialista gli aveva telefonato alle otto e un quarto per chiedergli un appuntamento urgente, e si era riservato di rimandare ogni spiegazione sulla ragione dell'incontro a quando avrebbe potuto vederlo di persona. Un'inquietudine vaga l'aveva subito aggredito, e poi s'era trasformata in agitazione, come ogni volta che nella vita s'era trovato a dover attendere un responso altrui. Aveva tagliato corto, convocando immediatamente il Commercialista in azienda, e quando gli era stato risposto che quella mattina non sarebbe stato possibile, ma il pomeriggio sì, aveva proposto le due e mezzo. S'era detto che le cattive notizie era meglio saperle subito.

La mattinata si era annodata in un groviglio di pensieri striscianti. C'era, evidentemente, una bega. Una bega grossa. Ma quale? Aveva controllato le statistiche degli ordini, analizzato la situazione dei rapporti con le banche, coi fornitori, coi terzisti. Aveva chiamato l'avvocato per sapere se c'erano novità su quella vecchia causa in America per via del cashmere. Aveva persino telefonato con una scusa a Carmine Schiavo, magazziniere castrista e rappresentante sindacale interno, per cercare di capire se ci fosse qualche noia in arrivo, ma tutto sembrava andare bene, come sempre. Continuò a chiedersi cosa ci potesse essere di così urgente, così segreto, finché non poté più ignorare lo spettro del pensiero terribile che subito gli si era affacciato alla mente, ma che aveva rifiutato anche solo di considerare. La Finanza. Stava per venire la Finanza. Il Commercialista l'aveva saputo per vie traverse e veniva a dirglielo a voce perché non si fidava di dirglielo al telefono.

Ecco la bega. Una bega gigantesca.

L'Imprenditore non era riuscito a toccare cibo. Tutta l'aria che continuava a deglutire aveva cominciato a premergli sulla pancia, e s'era ritrovato a scorreggiare frequentemente e rumorosamente, tanto da doversi chiudere da solo in ufficio, con tutte le finestre aperte. Gli era parso impossibile tornare a casa a pranzo, inconcepibile il solo pensiero di mangiare, e quando aveva chiamato sua moglie per dirglielo gli era toccato litigare perché, proprio quel giorno, lei aveva invitato a desinare il direttore di un museo americano.

Lì per lì l'Imprenditore non era riuscito a inventarsi nulla di meglio dell'ammettere che gli era passato di mente, e lei aveva fatto una lunga pausa e s'era messa a piangere al telefono e gli aveva detto che era sicura che lui non la pensava più e non l'amava più. Che stava per finire tutto. Prima di riattaccare senza nemmeno rispondere, l'Imprenditore aveva pensato che forse era vero. Sì, forse stava per finire tutto.

Sarebbe venuta la Finanza. Sarebbero entrati in ditta con quelle loro uniformi grigie da esercito bulgaro, si sarebbero accampati per settimane e settimane nell'ufficio del ragioniere, avrebbero chiesto di vedere tutto e si sarebbero accorti di tutto. L'avrebbero massacrato. Lui e l'azienda. Avrebbero controllato ogni fattura d'acquisto e di vendita, ogni bolla, spulciato i registri, fatto domande a tutti i dipendenti. Sarebbero andati in magazzino e avrebbero pesato le balle di lana e di nylon e di stracci e di polyester, e poi tutte le casse di filato e poi avrebbero contato a una a una le pezze grezze e quelle finite.

Avrebbero chiesto di vederlo. Sarebbero stati in due. Uno vecchio e uno giovane, gli sguardi affilati come coltelli. Li avrebbe ricevuti nel suo ufficio e avrebbe offerto loro un caffè che avrebbero rifiutato. Poi gli avrebbero detto che c'era una contestazione enorme, persino più grande di quella reale. Che avevano constatato l'esistenza di una quantità – *madornale* l'avrebbero definita, stringendosi nelle spalle increduli – di irregolarità piccole e grandi. Che erano evidenti le frodi a ogni normativa fiscale, all'IVA, alle imposte dirette, ai tributi locali, persino alle norme comunitarie. Gli avrebbero detto che non avevano mai visto una cosa del genere, anche perché i tentativi di mascherare queste frodi erano, francamente, *bambineschi*. Avrebbero parlato di un'informativa di reato da mandare subito in procura. Gli avrebbero detto:

– Qui si sconfina nel penale. Qui c'è associazione per delinquere finalizzata alla truffa ai danni dello stato. Qui c'è da scrivere un verbale di *miliardi*. Che si fa?

Si sarebbero guardati negli occhi e stretti nelle spalle, avrebbero scosso la testa e atteso qualche minuto che la notizia affondasse lentissima e pesantissima dentro di lui, nel silenzio totale. Poi il più vecchio avrebbe scritto una cifra su un foglio a quadretti, l'avrebbe piegato in due e glielo avrebbe porto, e l'Imprenditore avrebbe provato un potente ma brevissimo sollievo, perché allora il verbale di miliardi non l'avrebbero scritto. Avrebbe preso in mano quel foglio e provato a indovinare la cifra – immaginandosi uno sproposito, perché lui era fatto così: preferiva sempre partire dallo scenario peggiore. Poi avrebbe letto la cifra, e, pur essendo inferiore a quella che pensava e temeva e forse anche meritava di pagare, sarebbe immediatamente piombato in una disperazione diaccia e profondissima, perché la certezza d'aver scampato un male maggiore svanisce sempre in un attimo di fronte all'ineluttabilità di un male minore. E avrebbe dovuto decidere cosa fare.

Gli sarebbe tornato in mente suo padre Ardengo, quello scaratterato che era nato tessitore ed era infinitamente orgoglioso d'esser diventato, a forza di lavorare come un ciuco e risparmiare e indebitarsi, un *industriale,* anche se piccolissimo, e avrebbe ricordato il suo racconto dell'unica altra visita della Finanza che la ditta aveva ricevuto, più di vent'anni prima, e di come e quanto si era risentito suo padre quando i finanzieri gli avevano detto che, visti i documenti contabili, il suo fatturato era ben poca cosa e non valeva nemmeno la pena di controllarlo con attenzione. Gli era parsa una mancanza di rispetto. S'era arrabbiato, Ardengo, e aveva ringhiato al ragioniere di far vedere subito ai dottori finanzieri *anche tutto il nero,* perché da miserabile non si sarebbe fatto trattare da nessuno, *ovvìa.*

Ivo Barrocciai riuscì a fatica a soffocare nel pellame color crema della poltrona Frau un'altra scorreggia disperata, mentre il Commercialista continuava:

– Sì, certo, il fatturato, sì, ma... Ecco... Solo che quest'anno c'è stato un elemento in più, in attivo, che è stata la debolezza della lira, o, se preferisce, la forza del marco tedesco... Cioè, volevo dire in poche parole che la recente svalutazione ha portato a una plusvalenza valutaria piuttosto... come dire?... considerevole, perché sembra che al momento in cui avete preso gli ordini il marco tedesco quotasse circa... Sì, ecco... novecentocinquanta lire, e che gli incassi delle fatture siano avvenuti a una quotazione media molto più alta, che ho potuto quantificare in... Attenda un attimo... Ecco, sì, millecentotrentadue virgola settantasei lire.

Ivo vide che il Commercialista non alzava gli occhi dalle carte, e una fiammella di speranza si accese nel suo animo sconvolto: perché, se stava per venire la Finanza, ripetere la novella dello stento della lira svalutata? Non lo sapevano ormai anche i muri che era così che si facevano gli utili?

– E poiché i costi dell'azienda sono rimasti più o meno gli stessi, – aggiunse il Commercialista, – incluso il costo delle materie prime che, evidentemente, erano state acquistate prima della svalutazione... ecco, Cavaliere, ci troviamo qui con un bilancio che è, diciamo, piuttosto squilibrato, in un certo senso, e quindi... E quindi... ecco... sono voluto venire subito a dirglielo...

Il Commercialista ricominciò a scartabellare tra i suoi fogli, come se volesse controllare ancora una volta l'esattezza dei conteggi, e si accorse di essere emozionato. Per la prima volta da quando faceva questo lavoro, era *emozionato*, e così non vide Ivo Barrocciai chiudere gli occhi e abbandonarsi quasi esanime contro lo schienale della poltrona, non sentì il lieve sospiro che sortì dalle sue labbra contemporaneamente alla nuova, bitonale, per fortuna inodore scorreggia di puro sollievo che, invece, era impossibile non sentir sibilare gagliarda nel silenzio della sala-riunioni.

Non stava per venire la Finanza, altrimenti a questo punto il Commercialista l'avrebbe già detto. *Non stava per finire tutto*, accidenti, e se nel selvaggio turbine di emozioni e scorregge aveva capito bene, la bega non era una bega. Tutt'altro.

Ivo si alzò in piedi perché ormai non aveva più la fermezza di continuare a star seduto, e il Commercialista sollevò lo sguardo a fissarlo, ancora interdetto per la scorreggia bitonale, ma del tutto incapace di menzionarla.

– Ecco... – riprese allora il professionista dopo qualche altro secondo, e subito abbassò lo sguardo, – e allora, insomma, grazie a tutti questi fattori positivi, stavo dicendo, al momento di fare questo bilancio di controllo di metà anno... Cioè, grazie a questi fattori positivi verificatisi tutti insieme, al momento di fare il bilancio di controllo, dicevo, quello del seme*sh*tre, e anche dopo aver fatto tutti gli ammo*sh*tamenti anticipati possibili, insomma...

Ivo lo vide stringere in mano un foglio a quadretti di carta grigiastra, e non riuscì a non pensare che era proprio un foglio a quadretti come quello che, nel suo intensissimo incubo, i finanzieri gli porgevano. Il Commercialista si rese conto d'avere la fronte imperlata di sudore per l'emozione, e se ne sorprese. Sarebbe stata la prima e unica volta nella sua vita, per ragioni di lavoro. Fissò negli occhi il Barrocciai, deglutì, appoggiò lo sguardo sul foglio e recitò:

– Allora... qui a fronte di un fatturato di venticinque miliardi e ottocentosettantaquattro milioni e trecentotrentatremilaquattrocentododici lire, ecco, c'è un'utile di *sei miliardi e novecentosettantacinque milioni e*... E rotti, Cavaliere... Ha capito?

Gli porse il foglio a quadretti. Ivo lo afferrò e il suo primo, assurdo pensiero fu che, per la prima volta da quando lo conosceva, il Commercialista aveva approssimato un numero.

Poi lesse quelle due cifre, una sopra all'altra, vergate con attenzione, perfette, e le sussurrò. Solo dopo aver sussurrato l'ultimo numero dei *rotti*, si rese conto che gli era appena stato detto che quell'anno avrebbe guadagnato *quasi sette miliardi*.

Ivo Barrocciai non disse nulla. Non pensò nulla. Non sorrise neppure. Reagì fisicamente: si sentì avvampare in volto, un lungo brivido di soddisfazione gli corse lungo la schiena fino al buco del culo, e sentì la sua gola chiudersi lievemente, come se a stringergliela fossero le mani d'una fata. Poi si ricordò delle scorregge, andò al grande finestrone della sala-riunioni, lo aprì per arieggiare e rimase lì – le spalle voltate al Commercialista che lo fissava, il foglio a quadretti su cui erano scritte quelle cifre assurde ancora stretto in mano – a guardare incantato l'attività frenetica che si svolgeva nel grande piazzale della sua azienda: tre camion venivano caricati contemporaneamente da operai che sfrecciavano su muletti ronzanti a portare, alti come trofei, pianali carichi di tessuti di ogni composizione e tipo e finezza.

I suoi tessuti. Li attendevano brevi viaggi appenninici verso la Milano degli atelier dei grandi stilisti italiani, più lunghi verso la Salisburgo dei maestri del loden, lunghissimi verso la ricchissima Nordrhein-Westfalia dei grandi, sconosciuti, solvibilissimi cappottai di Herford e Guetersloh, interminabili verso il nobile Giappone degli stilisti-scultori e le Isole Marianne e le Filippine, dove confezionavano i gran sacerdoti americani dello *sportswear*.

Come se avesse vinto l'Oscar, Ivo pensò che fosse il momento di ringraziare tutti coloro che lo avevano aiutato, e il primo pensiero corse a Giuliano Amato, che nel 1992 aveva dovuto svalutare la lira e lasciarla libera di fluttuare – nei fatti, *crollare* – per tre anni di seguito contro il marco.

Ringraziò poi i suoi clienti tedeschi, che non gli avevano mai chiesto indietro nemmeno un marco di quell'utile puramente finanziario che la Barrocciai Tessuti aveva incassato per il deprezzamento della lira, e si chiese se non fosse per via del ricordo ancora vivo nelle loro memorie storiche della catastrofe di Weimar e della tragedia che può colpire una nazione – evidentemente non l'Italia, pensò – quando la sua moneta perde continuamente valore.

Lanciò l'ultimo pensiero di ringraziamento a suo padre Ardengo Barrocciai, che sul letto di morte gli aveva affidato la ditta da portare avanti, ma gli aveva fatto giurare di mantenere sua sorella Deanna nel benessere, sempre e comunque.

Se fosse stato solo, a Ivo sarebbe scappata una lacrima. Ma non poteva piangere davanti al Commercialista, e così si fece forza e si votò a un doloroso, obbligatorio silenzio. Questa storia non avrebbe mai potuto raccontarla a nessuno.

Champion

Solo pochi anni più tardi, invece, nei primi giorni dell'asprissimo nuovo millennio e nelle circostanze più lontane possibili da quel momento di epica vittoria, Ivo raccontò tutto.

Gli era appena stato portato via, intoccato, il pranzo di Natale. Al centro di un vassoio di plastica tutto rigato, con la scritta STRONZO accuratamente incisa in un angolo, c'era un piatto di plastica trasparente su cui avevano adagiato dei freddi tocchetti di – forse – pollo lesso. Accanto al piatto, un bicchiere, anch'esso di plastica trasparente, pieno per metà d'acqua del rubinetto. Gli furono date tre pasticche, e gli fu detto di inghiottirle. Lo fece. E chiuse gli occhi.

Dopo qualche minuto, di colpo, vide lo schermo delle sue palpebre chiuse colorarsi di bianco, come se gli fosse esploso qualcosa dentro, e dovette alzarsi in piedi di scatto, tremante, il fiato mozzo e la fronte che avviava a ruscellargli di sudore.

Vide tutto. Vide dov'era. Vide chi era diventato. Vide *com'era vestito*. Portava ciabatte di feltro, calzini da tennis, una specie di vestaglia azzurra di *pile* e, sotto di essa, una tuta da ginnastica blu con la scritta CHAMPION sul petto. Di certo gliel'aveva comprata sua sorella Deanna, senza minimamente pensare all'ironia crudele della scelta. Si toccò il mento e scoprì d'avere *la barba*.

La poca luce che filtrava dai vetri zigrinati delle due finestrelle con le sbarre mostrava una sala spoglia, popolata di sventurati, col pavimento di linoleum graffiato e i disegni degli autistici attaccati alle pareti. Ivo combatté il lieve capogiro che gli era preso, si schiarì la voce e, agli infermieri seduti a guardare RaiUno sul minuscolo schermo del televisore imbullonato al soffitto, ai pochi degenti non sedati che giocavano infinite partite a scopa e briscola, ai degenti sedati che sbavavano e giravano in tondo sulle sedie a rotelle e tacevano e guardavano il muro, annunciò:

– Un giorno io ho guadagnato sette miliardi.

Gli infermieri si voltarono a guardarlo ghignando, e si chiesero se non avessero fatto una cazzata a dargli tre compresse del nuovo farmaco sperimentale per catatonici appena arrivato, perché in un anno intero il Barrocciai non aveva fatto altro che guardar fuori dalla finestra senza pronunciare neanche una parola, e ora ecco che li guardava con gli occhi lucidi e si rivolgeva a loro con un sorriso luminoso.

– Era il tempo del nettare e dell'ambrosia, – disse Ivo, e avviò a camminare sul linoleum con passi malfermi ma decisi, perché non riusciva a star fermo. A un certo momento si fermò, si riempì i polmoni dell'aria pesante e immobile di quello stanzone, e sorrise come se avesse inspirato l'aria del Cervino. Le sue spalle parvero raddrizzarsi, i suoi denti sbiancarsi, il suo sguardo illuminarsi. Sembrava ringiovanire a vista d'occhio.

– Immaginate una città... in cui è possibile diventare imprenditore a chiunque ne abbia la voglia... e il coraggio... e le capacità... Immaginate centinaia di operai che diventano titolari d'azienda...

Uscì il sole, in quel momento. Lo stanzone fu inondato di luce, e tutti gli infermieri e i pazienti, sedati e non, dovettero socchiudere gli occhi.

– Arrivavano vagonate di gente dal Sud: quanti ne venivano... e quanto lavoravano... E dopo aver lavorato si mettevano a costruire le loro case abusive, anzi i loro *quartieri* abusivi, e così la città si espandeva e le case nascevano sulle fabbriche e le fabbriche dentro le case...

Ivo appoggiò una mano calda sulla spalla dell'infermiere più giovane e stronzo, quello che di notte gli attaccava lo scotch sui peli del torace e poi lo tirava via con un colpo secco.

– Ed eravamo speciali anche noi, e più di tutti gli operai, perché guadagnavano più di tutti gli altri operai d'Italia, e i miei più di tutti gli operai del mondo, e ogni giorno mi chiedevano di poter fare lo straordinario e di prendere i soldi a nero, perché dopo qualche anno di questa rumba cominciavano a comprarsi la macchina, a prendere il mutuo per la casa... Provavano a vivere degnamente, capito? Sì, a vivere con un minimo di dignità... La dignità...

Ivo si fermò un attimo a riprendere fiato. La mente gli si affollava di memorie, di ricordi. Gli sembrava di vederli intorno a sé, i suoi operai. Di poterli toccare se solo allungava una mano, se solo voleva. Ancora una volta, come mille altre in vita sua, si chiese se tra la realtà e il ricordo non ci fosse davvero una specie di diaframma fisico che, a sapere dove fosse, si poteva infrangere, e così passare a vivere nel ricordo, nel sogno, lasciando indietro la realtà...

– Ma era giusto perché alla fine i tessuti li facevano loro... Sai quante volte è successo che fosse un operaio a inventarsi un tessuto, altro che gli stilisti... Era un'invenzione continua perché ogni giorno, ragazzi, ogni giorno nascevano tessuti nuovi... C'erano dei maghi a lavorare, sapete, con dei nomi magici che voi non avete mai sentito... Il *follatore* e l'*annodino*... il *raccattafili* e il *garzatore* e... il *cimatore* e il *ramosaio*, altro che l'operaio di Charlot, legato alla catena di montaggio come un imbecille. Sa una sega Charlot del lavoro...

Sorrise, Ivo, e aprì le braccia come per abbracciarle tutte, le anime perse di quello stanzone, in quel Natale disperato.

– Non era mai successo *nella storia dell'umanità*, ragazzi! Mai s'era visto che tanti diventassero più ricchi tutti insieme, nello stesso tempo e a fare lo stesso lavoro, senza avere grandi qualità se non la voglia di lavorare... Mai! E non vi sdegni la ricchezza, comunistacci che non siete altro!

Gli infermieri, tutti fascisti, si guardarono sorpresi.

– Perché la ricchezza che dico io non è quella che conoscete voi. Non è quella dei politici e dei commercialisti, e non è quella dei notai e degli avvocati. Non è quella degli affitti e delle rendite e delle bustarelle e dei favori e dei progetti di notula. Non è quella che si guadagna col culo spianato sulla poltrona, a firmare fogli... La ricchezza che intendo io è qualcosa di... Sì, anche di commovente... È una...

Qui si fermò, Ivo, e cominciò a guardare verso l'alto. Aveva detto *commovente*, e ora rischiava di commuoversi davvero. Il suo sguardo si appannò per via di due lacrime gemelle, e gli infermieri si chiesero se non stesse per venirgli un colpo apoplettico. Il più giovane di loro – quello dello scotch, che si era commosso a sentirsi stringere la spalla dalla mano grande e smagrita del Barrocciai – si alzò in piedi e si avvicinò a Ivo come per sorreggerlo, ma lui gli fece segno che non aveva bisogno d'aiuto. Stava solo cercando la parola giusta e, quando gli venne in mente, sorrise come un bambino.

– Era *un'alchimia*, ecco... Un'alchimia come quella del conte Cagliostro, perché nasceva dalla trasformazione della materia grezza in qualcosa di bellissimo. Era come un'arte. Era *un merito*. Era una ricchezza pulita, senza colpa, e se ne poteva andare orgogliosi... Una volta lo disse anche Frank Sinatra, durante un concerto a Londra che andai a vedere con la Rosa, alla Royal Albert Hall, nel 1977... Alla fine s'era tutti in piedi, tutti e diecimila, ad applaudirlo, e lui si emozionò e ci disse: "Che possiate essere ricchi e felici! Che i vostri figli prosperino, che viviate fino a cent'anni!... E che l'ultima voce che sentirete sia la mia!".

S'era infervorato, Ivo.

– E... credetemi... quanto sconfinato ottimismo, quanta speranza per il futuro, quanta ambizione e autostima e fiducia si poteva sentire anche nell'aria... Quanta immensa... infinita... purissima... bellezza... E anche libertà...

A quel punto, Ivo dovette fare qualche brevissimo passo per appoggiarsi al davanzale della finestra. Era senza fiato.

Chiuse gli occhi per un attimo e, quando li riaprì, vide davanti a sé *un pubblico*: gli infermieri e i pochi degenti non sedati e anche qualcuno dei sedati lo guardavano attoniti in attesa che ricominciasse a parlare, Ivo il Barrocciai, stagliato contro l'unica finestra di quello stanzone, contro un cielo tornato bigio e lontanissimo e una fila di cipressi tristi. Si ricordò di troppe cose tutte insieme, Ivo, e venne scosso da un brivido. Sentì che se non riavviava subito a parlare sarebbe svenuto, e allora disse:

– E poi mi garberebbe raccontarvi di me, perché voi non mi conoscete, non sapete chi è il Barrocciai... Non siete venuti al mio matrimonio... le signore brillavano come le stelle per via di tutti i gioielli che s'eran messe... Le corse in campagna sulle strade bianche, con la macchina scoperta... gli *shahtoosh* che frusciavano nel vento lunghi come stole, come pezze intere... e dietro di noi una nuvola di polvere che sembrava quella d'un corpo d'armata... Ah, la vita!... La vita... Quelle trombate perfette di quando ti senti forte come un toro e il cazzo non ti si ammoscia mai e lo potresti sbatterlo nel muro... il sapore di fica delle ostriche... Piazza del Campo che ribolle durante il Palio... le camicie di lino irlandese che ti carezzano la pelle meglio delle dita di un'amante... il dente di narvalo lungo due metri che comprai da quell'esquimese che era andato a vivere a Pistoia, chissà perché... i cinghiali e i daini che brucavano insieme

al tramonto sulla mia terra, e i vigneti a perdita d'occhio...
il canto assordante dei grilli, delle cicale... una donna che
gode e, per non urlare, si tappa la bocca, e allora gode
ancora di più... il caldo totale e assoluto dell'Equatore...
il sole proprio sopra la testa... le notti nere e i rumori misteriosi che fa il mare mentre si va a vela... quella balena
immensa che venne a soffiare proprio accanto alla barca, e
io ubriaco che le volevo saltare sulla groppa e cavalcarla in
capo al mondo, e i marinai mi dovettero tenere a forza, e
mentre si allontanava io continuavo a urlarle dietro: "Laggiù soffia!", "Laggiù soffia!", come Achab... un Achab
pratese... e poi le Eolie... Salina... le partenze improvvise
in elicottero da posti bellissimi perché la vita non si ferma
mai e, mentre ti divertivi, era morto qualcuno che ti sarebbe mancato per sempre... e l'alba di Londra, d'inverno, e
lei che accompagnai a sposarsi in cattedrale... i colpi di testa e i litigi funesti e le scazzottate... le macchine sfasciate e
le telefonate furibonde... la Mille Miglia... andare a caccia
di notte e sparare alle stelle... piangere così tante lacrime
da inzupparsi la camicia... e quei lontanissimi fuochi d'artificio che vidi esplodere per ore come fiori di luce, nel
mezzo della notte, nell'alto oceano... sparati chissà da chi
e chissà perché...

Chiuse gli occhi, Ivo. Avrebbe giurato d'esser lì, dentro al sogno. Poi li riaprì, e fissò il cielo vuoto.

– ... quel giorno che presi il Concorde alle dieci e mezzo da Parigi e arrivai a New York alle otto di mattina, mi feci portare dal mio cliente migliore, e in un'ora mi riuscì di prendere un ordine colossale... ma colossale davvero... e appena uscii da quel grattacielo sulla Madison Avenue mi sentii un re, e pensai che forse ero davvero un re, anzi meglio: ero un pratese libero, e potevo fare tutto quello che volevo... Mi feci riportare subito al Kennedy e salii su un altro Concorde per Londra... dove arrivai in tempo per andare a cena al Connaught con quella mia fidanzata perfetta con gli occhi di ghiaccio, e il giorno dopo alle tre di pomeriggio ero un'altra volta in fabbrica, a Prato, a spiegare ai tecnici come avviare a mettere in lavoro l'ordine che avevo preso... Quell'ordine colossale... Il mondo, ragazzi, il mondo era mio...

Si voltò a guardare il suo pubblico.

– Avevo un'aquila... La comprai da una guardia forestale che disse d'averla trovata nel bosco... Feci costruire una voliera apposta per lei... Ogni tanto svolazzava... Poveraccia, non m'è mai sembrata felice, ma come si fa a riconoscere la felicità in un'aquila? Allora chiesi se la volevano in qualche zoo in Italia, ma non avevano voliere grandi abbastanza... Solo a Berlino l'avrebbero presa, ma bisognava catturarla, e come si faceva? Con le reti? Con le scale? Dovevo chiamare i pompieri? Era bellissima, enorme. Una femmina. Le femmine sono più grosse dei maschi. Non avete idea di quanto sia grossa un'aquila... Era alta più d'un metro, e aveva un petto immenso... Le cosce sembravano quelle di un calciatore... La testa era più grossa di quella di un pastore tedesco... Gli artigli sembravano di ferro, ma le zampe erano ricoperte di piume... Mangiava conigli interi... Era un animale incredibile, e la facevo vedere a tutti... A tutti dicevo che ero io quell'aquila, e una volta una donna bellissima, un'attrice famosa, molto famosa, mi disse che allora anch'io vivevo in gabbia...

Silenzio. C'era un silenzio totale nello stanzone. Qualcuno aveva anche spento la televisione.

– E poi vi dovrei raccontare di tutte le albe di giunchiglia e di tutte le parole antiche che non pronuncerò mai più, e di quando andai a dir messa in una chiesina di montagna perché era tanto che lo volevo fare... Avevo dato dei soldi a una suora... Mi ero tutto vestito da prete... E poi, durante la messa, si presentò una coppia di americani che si volevano sposare, e io allora li sposai, li dichiarai marito e moglie...

Uno, due battiti di cuore.

– *Lontre*, non siamo che lontre, tutti noi, – concluse Ivo il Barrocciai, e si inchinò come un attore di teatro, e tutti gli infermieri e i degenti non sedati e persino qualcuno dei sedati e anche il direttore della clinica, che era accorso sottobraccio alla Deanna sciolta in lacrime, avviarono ad applaudire commossi mentre lui sorrideva benedicente e continuava a inchinarsi come un attore, e i suoi occhi mandavano lampi perché, anche se per pochi minuti, era stato di nuovo felice.

Il numero uno

Ma nella lontanissima prima metà di giugno dell'anno 1995, nella sala-riunioni inondata di sole, mentre guardava incantato l'attività frenetica nel piazzale della sua azienda, Ivo Barrocciai si voltò di scatto verso il Commercialista, pugnalato da un pensiero improvviso:
– Cazzo, e con le tasse come si fa?
Il Commercialista corrugò le labbra fin quasi a sembrare imbronciato, annuì e rispose gravemente che aveva già contattato un suo corrispondente di Milano – non perché lui non fosse in grado di occuparsi della faccenda, sia chiaro, ma solo per la necessità di servire il cliente al meglio – e gli era stato riferito che in Italia c'era un solo fiscalista che poteva aiutarlo. Il migliore di tutti – *un tributarista*. Carissimo, ma bravissimo.
– Il numero uno, – disse il Commercialista.
Ivo lo guardò per qualche secondo, e s'accorse di non potersi occupare di questo nuovo problema. Dopo quella

mattinata lunghissima aveva in mente un solo pensiero. Rispose sbrigativo al Commercialista di farsi venire in mente qualche altra soluzione, perché i milanesi erano sempre troppo cari. Sorrise, lo ringraziò, andò a stringergli la mano e uscì a grandi passi dalla sala-riunioni, scese nel piazzale della ditta, entrò a grandi passi nel magazzino delle pezze grezze e raggiunse la sua Ferrari Mondial 8. La scoprì del telone protettivo, vi salì, si inebriò ancora una volta del profumo della pelle dei sedili appena screziato dallo Shalimar di Rosa, accese il motore e ne godette il canto inimitabile. Scese, aprì a mano la capote, risalì nell'abitacolo e partì, facendo lo slalom tra i pianali di pezze e i camion e i muletti. Mentre salutava gli operai a gran colpi di clacson, la voce di Gino Paoli avviò a sortire dal mangiacassette, e Ivo seppe come avrebbe impiegato il resto della giornata. Perché di certo non sarebbe tornato a lavorare.

Qualche anno dopo, la Barrocciai Tessuti e Ivo Barrocciai come persona fisica aderirono al condono tombale proposto dal nuovo, brillante ministro delle finanze del governo Berlusconi.

Uno bravissimo, il migliore di tutti.

Il numero uno.

La vita è meravigliosa

Mai visto un inverno così freddo, a Prato.

Ha nevicato per due volte e mi sono morte due jacarande, un banano dell'Himalaya e una *Phoenix*, evidentemente ancora troppo giovani per sopportare questo insensato tempo alpino. Due anni fa ho deciso che non solo la mia casa e il mio giardino, ma anche e soprattutto la mia vita possa essere incomparabilmente migliorata dall'avere intorno a me piante tropicali che mi ricordino la gloria dell'estate tutto l'anno, e così ho avviato a comprare su internet i semi di palme lussureggianti, incantato dalle foto in cui svettavano titaniche e meravigliose e piumate contro i cieli altissimi del Madagascar.

All'inizio sceglievo solo palme – soprattutto le meravigliose, grigiazzurre *Bismarckia nobilis* –, senza considerare quanto fossero sensibili al freddo e incredibilmente lente a crescere, poi mi sono buttato sui più facili e veloci banani himalayani e sulle agavi resistentissime.

Faccio germinare i semi in un pugno di torba umida, dentro sacchetti di plastica trasparente con la chiusura ermetica che, essendo del tutto identici a quelli che usano gli spacciatori di cocaina nei film, mi fanno guardare con sospetto dai commessi sempre barbuti dei negozi di agraria quando glieli chiedo, e ancor più quando cerco di descriverglieli.

Come ogni autodidatta, sopporto bene le delusioni e mi riempio d'entusiasmo a ogni successo. Quando spunta la radice bianchissima delle palme – così bianca da turbare, bianca come la pelle delle eroine fantasma di Edgar Allan Poe –, ma più ancora quando si affaccia il primo germoglio, perché nel frattempo ho invasato il pugno di torba con la delicatezza di un neurochirurgo, mi complimento con me stesso perché, oltre ad aver imparato a fare un'altra cosa, *mi pare d'aver creato una nuova vita*, e diventa irrilevante il fatto che quel germoglio ci metterà vent'anni per diventare una palma grande e bella abbastanza da esser notata anche da chi per le piante non ha alcuna passione. Del tutto irrilevante. Ho tempo, credo e spero. Tutto il tempo del mondo.

Stamattina stavo seppellendo le povere piantine cadute sotto gli alberi stillanti neve sciolta quando, scodando col motorino sulla fanghiglia della strada, è arrivato miracolosamente il postino. Si è fermato con un lieve slittamento proprio davanti al cancello, quasi rischiando di finirci contro. Mi ha dato il buongiorno e mi ha consegnato attraverso le sbarre alcune lettere inutili. Mentre le prendevo lui mi ha detto che ha letto *Storia della mia gente* e lo ha molto apprezzato. L'ho ringraziato: non me l'aspettavo. Ogni tanto ci incrociamo per le stradine della pineta, e ci si saluta sempre, ma non avevamo mai parlato.

Ci siamo stretti la mano attraverso le sbarre del cancello che a quel punto avrei voluto aprire, ma non potevo, perché non avevo portato con me il telecomando. Ci siamo salutati, e mi stavo già voltando per tornare a scavare nella terra indurita – non era stata una grande idea, quella di seppellire le piante morte, bisogna riconoscere, perché mi ritrovavo a sudare copiosamente, a zero gradi, mentre continuavano a piovermi addosso dagli alberi le gocce di neve sciolta, e per non volermi mettere addosso qualcosa di sintetico ero uscito di casa con un maglione pesante di lana a trecce che si stava già inzuppando –, quando il postino mi ha chiamato di nuovo e si è presentato.

Si chiama Gaspare Galatioto. È un siciliano d'origine greca, ha detto, *di qui il cognome.* È del 1950, ha continuato, e si ricorda bene della sua infanzia. Ha detto che non è stata come la mia, certo. *Molto meno fortunata,* ma anche nella sua c'era *un sentimento di pienezza che pro-*

vavano tutti, rispetto al futuro, e che andava oltre tutti i condizionamenti, anche i più turpi.

Mi sono fermato e l'ho guardato. Si sentiva solo il ticchettio delle gocce che cadevano dai rami e si scavavano la strada nella neve. Teneva tra i denti un sigaro toscano. Tutto era bagnato e silenzioso. Sorrideva, Gaspare, e diceva che *c'era più coraggio, c'era più allegria, c'era la certezza che tutto sarebbe andato a finire bene.* Aveva gli occhi che gli luccicavano, doveva essere il freddo. Io credo di aver detto solo qualcosa di banale tipo: *È vero*, ma ero troppo sorpreso e colpito per aggiungere altro. Lo guardavo e basta. Poi lui ha annuito e ha detto che era da un po' che me lo voleva dire. L'ho ringraziato, ci siamo salutati di nuovo e l'ho visto risalire sul motorino e ripartire giù per la discesa infida. Eccolo, il primo regalo di Natale.

Stasera abbiamo mangiato pesce, io e Carlotta e i ragazzi, perché *è vigilia nera* e non si può mangiar carne. Dopo aver scartato i regali sono andati a cambiarsi per andare alla Messa di Natale, e io mi sono installato al computer a cercare su YouTube i video delle canzoni che sentivo da ragazzino.

La notte di Natale divento sempre morbido come la sugna, c'è poco da fare. Le canzoni che scelgo diventano via via più tristi, senza nessun punto in comune tra di loro, se non il fatto d'essere legate a certi ricordi sconnessi e lontanissimi. A forza di inseguire l'irresistibile languore che sempre regala l'andare a stuzzicare antiche pene di gioventù ormai sepolte, finisco a guardare per tre volte di seguito il video di Ron e Jackson Browne che cantano insieme *Una città per cantare* in un vecchio programma RAI, con le chitarre e i ciuffi, una strofa per uno, un po' in italiano e un po' in inglese.

Mi sembra, ancora una volta, una canzone bellissima. Non importa che i testi siano molto diversi nelle due versioni, che Jackson Browne canti di ridere delle cicatrici e di *cocaine afternoons* e che Ron risponda, *Tu scrivi anche di notte, perché di notte non dormi mai*, e, soprattutto, *Quante interurbane per dire: "Come stai?"*.

Chissà se c'è qualcuno che se le ricorda ancora, le interurbane. Il fascino, il peso, l'incanto, la ragione, la voglia e il bisogno di comporre il prefisso di una telefonata interurbana, d'infilare la punta dell'indice nello zero e far compiere quasi un giro intero alla rotella, che poi quando tornava indietro regalava un ticchettio discreto ma così lungo che a casa mia si sentiva echeggiare lieve anche dagli altri telefoni della casa, e così tutti si accorgevano che partiva una chiamata interurbana, e che ero io a farla.

Dal fondo delle scale, Carlotta e i figlioli mi salutano ed escono, apparentemente diretti a tre messe diverse. Blocco il video su un primo piano di Jackson Browne che sorride mentre guarda Ron, mi alzo e mi avvio a scendere i gradini per salutarli, ma devo far piano perché non ho acceso la luce, e non voglio cadere e rompermi qualche osso. Vado a tentoni, nel buio, e ci metto un po'. A volte mi diverto a fare le cose con lentezza, a fingermi vecchio. Forse mi sto preparando al momento in cui m'accorgerò d'essere lento per davvero.

Quando finalmente arrivo in salotto e li chiamo, mi accorgo che sono già andati. Evidentemente, era uno di quei saluti che valgono anche da congedo. La casa è buia, e c'è un gran silenzio. Chissà se si sono impermaliti perché durante la cena ho fatto delle battute alcoliche sceme sulla bistecca alta un marciapiede che avrei voluto mangiare stasera, rosolata sulle braci fino a diventar nera di fuori e rimanere però rossa dentro, a colar sangue sul piatto, o perché ho detto a gran voce che non avevo nulla, proprio nulla, da espiare.

Sento la macchina di Carlotta avviarsi sul viale, vedo il cancello aprirsi e loro allontanarsi nella notte, la strada illuminata dalla luce bianca dei fari. Senza ragione, ci sono rimasto male, e ho pensato che invecchiare sarà proprio questo. Sarà proprio *così*. Sarà trovarmi a parlar troppo e male, mentre m'accorgerò di farlo e mi scoprirò incapace di smettere di farlo. Sarà l'accumularsi di una serie di nuove lentezze e nuovi ritardi, di stanchezze improvvise e profondissime. Sarà avviare a perdere le cose, scoprirmi smemorato. Sarà la scoperta di nuove, ridicole incapacità. Sarà accorgermi di come imprese un tempo semplici possano diventare da un giorno all'altro prima complesse, poi molto complesse e infine del tutto impossibili. Sarà il prendere atto dell'irrompere di un decadimento fisico la cui cattiveria e velocità mi stupiranno.

Mi lascio cadere sul divano davanti alla televisione. Afferro il telecomando e comincio a perlustrare tutti i canali che ho a disposizione. Sono *centinaia*, e come ogni volta mi chiedo come possano essere così tanti, quale sia il senso economico di un'offerta così gigantesca e contemporanea di intrattenimento, quante siano le persone che guardano i programmi di certi canali periferici dal numero astronomico che per essere raggiunti richiedono un vero e proprio sforzo al pollice obbligato a pugnalare decine di volte il telecomando, perché di ricordare il numero del canale periferico non se ne parla nemmeno.

Mi metto a cercare *La vita è meravigliosa* di Frank Capra. È la vigilia di Natale, non ci vuole molto per trovarla. Siamo già al finale: George Bailey, il protagonista del film interpretato da James Stewart, è appena stato salvato dall'angelo Clarence dopo essersi buttato nel fiume per l'incapacità a restituire il debito di ottomila dollari che la sua piccola banca, la Depositi & Prestiti, ha contratto col vecchio, cattivo, ricchissimo Potter. È ubriaco e disperato, ha litigato con la moglie e spaventato i bambini, e sbraita che sarebbe stato meglio per lui non essere mai nato. Clarence lo esaudisce, e di colpo George Bailey si trova a vivere in un mondo nel quale, come ha appena desiderato, *non è mai nato*.

Ne sono successe, di cose. La sua cittadina operosa, Bedford Falls, è finita nelle grinfie dell'avido banchiere Potter, che la comanda e la domina fino al punto da averla ribattezzata Pottersville. Nella Main Street non ci sono più il cinema e l'emporio e la piccola banca onesta e scalcinata che George ha ereditato dal padre e manda avanti insieme allo zio pasticcione. Tutti chiusi, sbarrati. Il corso è diventato un immenso, unico lupanare fatto di locali notturni e sale da biliardo e hotel a ore con le insegne al neon lampeggianti e banchi di pegno e bar con le donne. La notte è popolata di schiamazzanti avventori mezzo brilli, non di brave persone che portano i bambini alla Messa di Natale. Nessuno ricorda nemmeno che è Natale, a Pottersville.

George Bailey non crede ai suoi occhi. Perché nel mondo in cui non è mai nato, nessuno lo riconosce, nemmeno i suoi amici. Terrorizzato, corre a casa sua e scopre che nessuno l'ha comprata e restaurata, ed è caduta in rovina. La sua famiglia non esiste, perché se non è nato, non si è nemmeno sposato. Quando, sconvolto, va a cercare sua madre, la trova trasformata in una vecchia affittacamere inaridita che lo guarda sospettosa e non gli apre nemmeno la porta, e subito dopo gli tocca scoprire che, se a Bedford Falls sua moglie era una bella madre felice di quattro figli, a Pottersville è rimasta zitella, porta gli occhiali da vista e un cappello di foggia maschile e si è rifugiata nel lavoro di bibliotecaria. Quando lui la avvicina chiamandola per nome – Mary! Mary! – e cerca di abbracciarla, lei scappa via urlando dal terrore.

La sua cittadina è andata a catafascio senza di lui, che pure da ragazzo non ci voleva vivere perché *a star lì gli sembrava di esplodere*. Voleva girare il mondo, George, andare *in Italia, a Baghdad, a Samarcanda*, e *costruire aeroporti e grattacieli di cento piani e ponti lunghi un miglio*, e invece quando suo padre morì gli toccò abbandonare ogni sogno e prendersi sulle spalle la piccola banca onesta e scalcinata, sennò se ne sarebbe impadronito Potter. Non poté nemmeno andare all'università, e fu suo fratello a fare la vita che doveva fare lui: frequentò il college e diventò un eroe di guerra abbattendo nove aerei tedeschi nei cieli d'Europa, mentre lui, George Bailey, combatteva la battaglia di Bedford Falls.

Non importa quante volte ho già visto questa gran favola di film, non riesco a non commuovermi a vedere James Stewart arrancare sgomento sulla neve alla ricerca della sua perduta città di persone ingenue e manchevoli e lavoratrici, finite male non solo per i loro difetti, ma per colpa di un mondo i cui principi fondanti si sono diluiti e diluiti fino ad aprire la strada a una decadenza mostruosa, prima morale e poi economica, che cancella l'idea stessa del futuro tramutandolo in un vuoto presente infinito e insensato dove tutto si può fare perché non esiste né vergogna né punizione, e le vite delle persone si sgretolano come la pomice nella stretta di una mano forte.

Quando arriva il gran finale e tutti cantano *Auld Lang Syne* mi rimetto a piangere come ogni volta, perché proprio non reggo – non ho mai retto, a dirla tutta – a vedere *il mondo rimesso a posto* e quell'escrcito di allegri perdenti che corrono ad aiutare George Bailey perché si ricordano che lui *ha fatto loro del bene*, e ognuno di essi – *anche la negra!*, si stupisce qualcuno – è felice di depositare una parte dei propri risparmi in un cesto di vimini per salvare George e la sua banca.

Attraverso gli occhi lucidi di James Stewart li riscopro dignitosi a Bedford Falls subito dopo averli visti disgraziati nella Pottersville in cui lui non era mai nato, e sono costretto a ricordare che anche se si nasce persone per bene, esiste – sempre e per tutti – il pericolo di dirazzare e di perdersi; che la coscienza di sé, l'autostima, il senso di compiutezza della propria vita, l'aspirazione sacrosanta alla felicità, la volontà di provare a dar corpo ai sogni più ingenui e persino l'onestà e la fiducia nella giustizia degli uomini dipendono anche dallo *stato* del paese in cui le persone nascono e crescono e vivono, e dalla quantità e qualità del futuro che sembra possibile raggiungere.

Il film finisce, e mentre guardo i cartelli dei titoli di coda ricordo che quando ero bambino mio padre al cinema me li leggeva a voce alta, tutti quei nomi americani, e allora mi metto a ripeterli anch'io, nel mio salotto vuoto, come un pazzo: James Stewart, Donna Reed, Lionel Barrymore, Thomas Mitchell, Henry Travers, Beulah Bondi... E poi vedo che *La vita è meravigliosa* è del 1946, e dunque è ambientato in quello che per Frank Capra era il presente, e quindi il film è una favola, sì, ma una favola *d'intervento*, con la quale Frank Capra voleva mettere in guardia i suoi contemporanei contro una degenerazione delle anime che sentiva in agguato e temeva.

Le pubblicità avviano a susseguirsi infinite, e suggeriscono regali di Natale ormai fuori tempo massimo. Il loro clamore mi aggredisce e mi costringe ad alzarmi e ad andare alla grande vetrata del salotto. Le guance ancora rigate di lacrime, goffo e claudicante come un neonato di Brobdingnag, appoggio la fronte al cristallo diaccio e rimango lì a guardare il palpitare delle luci della zona industriale di Montemurlo, che se di giorno è una piana disordinatamente zeppa di capannoni con i tetti a botte, di notte diventa un'immensa distesa di luci – il panorama di Los Angeles proprio sotto casa mia.

Penso ai miei figli, ai nostri figli, e all'ingiustizia cattiva di un mondo che li blandisce ogni giorno solo perché li considera consumatori perfetti, privi di sensi di colpa poiché gestori di portafogli altrui; che nega loro lo status di persona e li relega in un presente infinito fatto d'aspettative misere, sempre e solo materiali; che, beffa suprema e insostenibile, li incolpa di non avere né fame né voglia né desideri perché *hanno già tutto*, quando invece non è vero.

I nostri figli *non hanno tutto*. Hanno solo molta roba che costa poco e non vale nulla, e glicl'abbiamo comprata noi con un mare di piccole spese banali e subito dimenticate. Quelle che regaliamo sono microsoddisfazioni materiali, e arrivano già con la data di scadenza: piccoli sogni mediocri materializzati da un perfetto meccanismo di vendita in oggetti che appaiono utili e splendidi, ma dentro son vuoti, e però hanno preso il posto dei sogni grandi, quelli che non siamo più capaci di indicare perché *siamo noi* che non abbiamo più né fame né voglia né desideri, non loro. Noi che non abbiamo più voglia di raccontare, di spiegare. Noi che ci siamo accomodati a vivere a Pottersville, mentre i nostri figli ci sono solo nati. Noi che siamo sempre più poveri e rifiutiamo di accettarlo, e ormai alla vita chiediamo solo di essere intrattenuti.

Pensionati del pensiero, siamo diventati, la cui aspirazione più o meno inconscia è quella di poter passare da un facile intrattenimento all'altro, sdegnando l'idea di impegnarci in qualcosa – di dover alzare il culo dal divano, metaforico o no, sul quale passiamo i nostri giorni sedati a guardare la televisione. Un popolo di spugne imbevute di desideri derivati, impiantati nelle menti nostre e dei nostri ragazzi dalla pubblicità delle maledette multinazionali – cittadini perfetti del mondo enorme, vuoto, tagliente, comico e terribile che uno dei più grandi suicidi della storia della letteratura, il povero David Foster Wallace, aveva visto arrivare da lontano.

Tiro un gran cazzotto di rabbia contro il vetro antisfondamento della finestra, e tutto rimbomba. Chiudo gli occhi e li tengo chiusi per un po', nel silenzio.

Poi, per fortuna e finalmente, sento Carlotta e i ragazzi che rientrano. È un grande sollievo e corro loro incontro, giù per le scale, veloce quanto posso, incurante del rischio d'incespicare e cascare rovinosamente come succedeva sempre nei vecchi film. Perché non c'è tempo da perdere. Eccoli. Hanno ancora addosso il freddo della notte; sono belli e stanchi e stupiti, e un po' ridono e un po' si lamentano mentre me li stringo al petto tutti e tre, tutti insieme, nell'abbraccio di un orso kodiak.

Westminster Hall

Accendo la tivù della mia camera d'albergo milanese, e la trovo sintonizzata sulla BBC. Vedo Gordon Brown, Tony Blair, John Mayor, Nick Clegg e David Cameron seduti in fila come scolaretti. Brown parla con Blair, e Clegg sembra scherzare con Cameron. Mayor guarda davanti a sé, assorto. Sotto di loro, una scritta annuncia l'imminente discorso di Obama a Westminster, davanti ai parlamentari della House of Commons e della House of Lords riuniti in seduta comune.

Ho appena il tempo di stendermi sul letto e disporre i guanciali contro la testiera che, annunciato dallo squillar di trombe di una mezza dozzina di ragazzi in costume, ecco Barack Obama scendere una breve rampa di scale e avanzare in Westminster Hall con la dignità e il portamento d'un antico re africano. Concede alla magnifica sala un lieve sorriso pieno di grazia e si siede.

Inizia un breve discorso di benvenuto di John Bercow, lo *Speaker* della House of Commons. È piuttosto emozionato. Dice che Barack Obama è il primo presidente americano della storia a essere invitato a parlare a Westminster Hall. Lo definisce un amico e uno statista, e lo presenta con la stessa formula e la stessa enfasi che si riserva alle rockstar:

– *Ladies and gentlemen, the President of the United States of America, Barack Obama!*

Tutti si alzano in piedi ad applaudire, e mi coglie un brivido d'emozione perché è manifesto e toccante che l'intera classe dirigente del Regno Unito non stia applaudendo solo il ruolo – impossibile, infatti, quasi comico, immaginare una simile accoglienza a George W. Bush –, ma la grandezza della persona e l'enormità del fatto che Barack Obama è nero. Uno dei pochi neri presenti a Westminster.

Gli applausi si prolungano convinti, e Obama deve ringraziare a lungo, regalmente, colmo della serietà e dell'orgoglio che irradiano i ragazzi applauditi quando sentono di meritare gli applausi. Pur essendo di poco più vecchio di me, Obama mi è sempre parso un ragazzo, l'incarnazione stessa della brillantezza della gioventù. Non vede l'ora di iniziare il discorso. Non ha nessuna paura, non prova nessuna emozione che possa danneggiarlo. Sa che andrà benissimo, sa di esser nato per questo momento e per altri momenti come questo. Di certo, vede la sua vita come una gran corsa in avanti e non pensa mai al percorso già compiuto, a quanto lontano gli sia riuscito di arrivare partendo da dov'era partito.

Sono un grande tifoso di Barack Obama. Fu eletto presidente degli Stati Uniti quando aveva l'età che ho ora io. Ricordo la prima volta che lo sentii parlare. Era il 2 novembre del 2004, la notte delle elezioni presidenziali americane che videro la vittoria a valanga di George W. Bush su John Kerry, e il primo democratico ad avere il coraggio di parlare alla CNN fu questo giovane senatore dell'Illinois dalla pelle scura e dal nome improbabile. All'epoca sembrava davvero un ragazzino, eppure mi apparve al tempo stesso serio ed elegante, controllato e animato, saggio e appassionato. Lo intervistarono solo per qualche minuto, ma mi si scolpì nella memoria.

Finalmente ottiene il silenzio, e avvia il suo discorso salutando il Cancelliere dello Scacchiere (la carica dal nome più bello di tutti i tempi, che sembra uscito da *Alice nel Paese delle Meraviglie*), e poi lo *Speaker*, il primo ministro, i lord e i membri della House of Commons. Spara subito una battuta formidabile:

– Mi è stato detto che le ultime tre personalità invitate a parlare qui a Westminster Hall, la madre di tutti i parlamenti, sono stati il Papa, Sua Maestà la Regina e Nelson

Mandela. Sembra l'inizio di una barzelletta molto divertente.

Tutta la sala scoppia a ridere, e anche Obama per qualche secondo mostra un sorriso compiaciuto, ma poi si fa serio e comincia a parlare della lunga storia dell'alleanza tra USA e Regno Unito. La dichiara una delle più antiche e forti che il mondo abbia mai conosciuto, pur ricordando col sorriso sulle labbra gli *up and downs* degli inizi, tra i quali *quel piccolo diverbio sul tè e sulle tasse* e la *lieve irritazione* americana per la Casa Bianca data alle fiamme nel 1812. Poi passa all'economia.

– Nazioni come la Cina e l'India e il Brasile stanno crescendo con grande rapidità, – dice, – e dobbiamo accogliere con favore questo sviluppo, poiché ha sollevato dalla povertà centinaia di milioni di persone in tutto il mondo, e ha creato nuovi mercati e nuove opportunità per le nostre nazioni...

E poi:

– Molti si chiedono se la crescita di questi stati non accompagni il declino dell'influenza americana ed europea sul mondo; se non siano queste nazioni a rappresentare il futuro; se non sia ormai finito il tempo della nostra *leadership*. È un'idea sbagliata. È proprio questo il momento della nostra *leadership*. Sono stati gli USA e il Regno Unito e i nostri alleati democratici a dare forma a un mondo in cui nuove nazioni possono emergere e gli individui affermarsi...

E poi:

– In un'era definita dal rapido flusso di commerci e informazioni sono la nostra tradizione di libero mercato e la nostra apertura a offrire la miglior possibilità di raggiungere una prosperità che sia al tempo stesso forte e condivisa... Dobbiamo costruire nuove *partnership*, adattarci a nuove circostanze, ricrearci per affrontare le sfide di una nuova era... Adam Smith disse che non esiste maggior generatore di ricchezza e innovazione di un sistema di libera iniziativa che riesca a liberare il pieno potenziale degli individui. È stato questo a portarci la Rivoluzione Industriale, che iniziò nelle fabbriche di Manchester; questo a portarci l'alba dell'Era dell'Informazione, che nacque nella Silicon Valley. Ecco perché stati come la Cina, l'India e il Brasile crescono così rapidamente. Perché, anche se a singhiozzo, si muovono verso quei principi di libero mercato che gli USA e il Regno Unito hanno sempre abbracciato.

E poi:

– In altre parole, viviamo in un'economia globale che abbiamo in gran parte costruito. E oggi la competizione per i migliori lavori e per le migliori industrie favorisce le nazioni che pensano più liberamente e che guardano in avanti:

le nazioni con i cittadini più creativi e innovativi e capaci di fare impresa. E questo regala un vantaggio implicito agli USA e al Regno Unito, perché da Newton e Darwin a Edison e Einstein, da Alan Turing a Steve Jobs, abbiamo sempre guidato il mondo nell'impegno per la scienza e per la ricerca più avanzata, nella scoperta di nuove medicine e nuove tecnologie. Educhiamo i nostri cittadini e formiamo i nostri lavoratori nei migliori college e nelle migliori università della Terra. Ma per mantenere questo vantaggio in un mondo che è sempre più competitivo, dovremo raddoppiare i nostri investimenti nella scienza e nell'ingegneria, e rinnovare il nostro impegno nazionale a formare la nostra forza-lavoro.

Dopo una lunga, noiosa, meno sentita parentesi sulla necessità di garantire sicurezza ai cittadini, Barack Obama fissa il suo sguardo sulle migliori e i migliori d'Inghilterra, e dice:

– In un mondo che diventerà sempre più piccolo e interconnesso, l'esempio delle nostre due nazioni dimostra che è possibile che le persone vengano unite dai loro ideali, invece di essere divise dalle loro diversità; che le opinioni possono cambiare e i vecchi odi esaurirsi; che le figlie e i figli di quelle nazioni che un tempo erano colonie possono oggi sedere qui in questo grande parlamento, e il nipote di un keniano che aveva fatto il cuoco nell'esercito inglese trovarsi qui dinanzi a voi come presidente degli Stati Uniti.

A queste parole si leva un lungo applauso, e devo farmi forza per non alzarmi ad applaudire anch'io, ammirato e sgomento di fronte all'apoteosi di questa modernissima versione del Sogno Americano, perfettamente fuso con la globalizzazione e incarnato nel suo simbolo, Barack Hussein Obama, il migliore di tutti, l'uomo con la pelle nera che dimostra con la sua vita e con il suo esempio come ancora oggi in America si possa arrivare ovunque partendo da qualsiasi posizione, anche la più svantaggiata; l'unica persona capace di rigenerare un sogno antico di libertà e iniziativa, e riverberare la sua luce sul mondo dando speranza alle legioni smarrite di chi merita e non ha, e magari vive nelle Filippine o in Kenya o in Indonesia o in Cina.

Ma, nel momento in cui guardo ammirato Obama che annuisce e ringrazia degli applausi, non posso fare a meno di chiedermi se questo Nuovo Sogno Americano ci riguardi ancora, noi italiani; se le parole che il presidente degli Stati Uniti ha appena pronunciato non siano una straordinaria lezione di tiro con la carabina impartita a chi per combattere non ha che arco e frecce.

L'eco degli applausi che accompagnano il discorso di Barack Obama sembra arrivare da un altro mondo, da un futuro nuovo e aspro e lontano, nel quale non pare esserci posto né per noi figlie e figli di quell'invenzione antichissima che si chiama manifattura, né per l'ormai antico benessere conquistato con il lavoro dalle nostre madri e dai nostri padri. Sì, perché l'applicazione pratica di quelle idee splendenti che Obama ha appena riconsacrato nel tempio del liberismo ha portato in Italia e in tutta l'Europa del sud una devastazione economica senza precedenti, accolta dall'ignavia e dall'incuria e dall'incomprensione e dal silenzio delle povere ombre sbiadite che per lunghi anni ci hanno governato senza governarci, sempre entusiaste di ciò che Bruxelles disponeva.

Sarà anche colpa nostra che non abbiamo capito nulla, come ci ripetono i professori d'economia, ma bisogna avere il cuore forte come quello di un leone per resistere alla tentazione di lasciarsi andare all'incubo che ci vede dimenticati dalla storia in marcia, spettatori impotenti, relitti di un piccolo mondo antico spazzato via dal tornado della globalizzazione e vittime della più crudele delle beffe, quella che vuole che ci venga chiesto di rallegrarci dell'abbandono della povertà da parte di centinaia di milioni di cinesi e indiani e vietnamiti e indonesiani ogni volta che proviamo a lamentarci della perdita di centinaia di migliaia di posti di lavoro e della chiusura di decine di migliaia di aziende in tutta l'Italia e in tutta l'Europa del sud. Come se la globalizzazione fosse stata imposta sulla Terra per realizzare il principio dell'equità tra i popoli, e non per arricchire i bilanci delle multinazionali e delle banche! Come se toccasse ai nostri operai e ai nostri piccoli imprenditori e alle loro famiglie riequilibrare la bilancia dell'ingiustizia del mondo!

Eppure bisogna resistere, in ogni modo. Perché, perso il Sogno Americano, *non ne avremo altri*, e ci troveremo impauriti e impoveriti e questuanti in un'Europa grande e gelida che non ci capisce e ci sopporta a stento, costretti a vivere un'epoca durissima in cui ogni nostro diritto diventa un costo e ogni posto di lavoro è in pericolo, persi a ricordare un passato prospero dal quale è ormai impossibile trarre insegnamenti per quanto si è vorticosamente allontanato dal presente, imprigionati in una dolorosa vita senza ieri.

Quanto ci ho creduto, fin da ragazzino, al Sogno Americano! Mi dicevo che se la libera competizione tra le persone avesse cancellato ogni squilibrio di partenza, lo avrebbe fatto *sia in alto sia in basso*, e così anch'io un giorno avrei potuto essere assolto dalla colpa di essere nato figlio di mio padre, e magari evitare di vivere la sua stessa vita da industriale tessile pratese, di doverlo sostituire alla guida di quell'azienda che all'inizio non volevo e che invece, poi, avevo imparato ad amare e persino a desiderare come mia, solo pochi anni prima di essere costretto a venderla.

Mentre Barack Obama conclude il suo discorso con una magistrale citazione di Winston Churchill, e a Westminster Hall scattano tutti in piedi ad applaudirlo di nuovo, io davvero gli auguro ogni bene, a lui e alla sua America gonfia di 14.000.000 di disoccupati, moltissimi dei quali un tempo lavoravano per quell'orgoglioso Made in USA manifatturiero che è stato il primo a cedere sotto i colpi di maglio della globalizzazione.

Mi tornano in mente i giorni ormai lontanissimi dei primi anni Novanta, quando mio suocero Sergio Carpini fu chiamato da una grande azienda americana e inviato nelle piane infinite della Georgia a instillare un po' di gagliardo Made in Italy nell'orgoglioso ma inefficace tessile Made in USA. Lo accompagnò Carlotta, e al telefono mi raccontava dei campi di cotone a perdita d'occhio – *"Edo, è una pianta stranissima, uno stelo marrone scuro che sembra secco, e in cima invece si schiude come una rosa, solo che al posto dei petali ci sono dei batuffoli di cotone!"* –, delle fabbriche immani coi pavimenti di legno, dei vecchi neri giganteschi seduti immobili a guardar lavorare le vecchie filature cotoniere, delle pezze di tessuto che uscivano fuori tutte fallate, di manager e mentalità e tessuti così incancreniti di passato che nemmeno il Carpini, entusiasta degli entusiasti, riuscì a ravvivare. Chiusero tutte, quelle aziende, e i loro dipendenti finirono a vivere nelle roulotte.

Non servirono a nulla i dazi e le tariffe che gli americani maestri di liberismo non si sono mai vergognati di caricare sulle importazioni di tessuti da ogni paese, Italia compresa, e di cui nessuno riuscirà mai a dimostrare l'inutilità meglio di Massimo Troisi e Roberto Benigni in quella scena formidabile di *Non ci resta che piangere*, in cui un doganiere rinascimentale chiede un fiorino a chiunque passi davanti al suo tavolaccio. Ricordate? *Un fiorino! Un fiorino!*

Chissà se qualcuno dei nostri politici riuscirà mai a trovare il tempo di mostrare il film ai colleghi di quelle nazioni che crescono così rapidamente, e avrà il coraggio di chiedere loro di eliminare tutti i dazi e le tariffe che ancora oggi continuano ad applicare sui nostri prodotti – magari in segno di fervido ringraziamento per averli sollevati dalla povertà.

Mi chiamano, devo andare a presentare *Storia della mia gente*. Il libro è candidato al Premio Strega e, dopo più d'un anno dalla sua uscita, è improvvisamente resuscitato. Sono già in ritardo. Afferro la giacca che mi cucì il sarto Perri di Narnali da un tessuto di lino grosso e nylon che s'inventò Sergio Vari pochi mesi prima che vendessi il lanificio, e la indosso. È la mia uniforme. L'unica che mi senta di indossare.

Alla televisione Obama sta ancora ringraziando Westminster Hall per gli applausi infiniti. Decido di uscire dalla stanza senza spegnerla. Quando stanotte tornerò in albergo dopo aver raccontato ancora una volta la mia storia di sconfitte e fallimenti, troverò qualcuno – una voce, almeno – ad accogliermi.

Vinci per noi

– Nesi, vinci per noi.

Le mani rugose della signora stringono le mie. Siamo in mezzo alla strada, a Prato, in via Ricasoli, davanti al palazzo della Provincia.

– Grazie, signora...

– Noi si aveva una ritorcitura, io e il mio povero marito. S'è lavorato anche per il suo nonno, tanti anni fa... Gli è domani, vero, il Premio Strega? L'ho letto sulla "Nazione"...

– No, cioè sì... Domani è la sera della cinquina. Da dodici candidati si passa a cinque.

Mi guarda fisso.

– Non ho capito nulla. Ma te tu devi vincere per noi, capito, Nesi? Ricordatene. Bravo, tu sei. Bravo.

Mi dà una carezza, e se ne va.

Ogni giorno

Dopo il Premio Strega tutti si mettono a leggere il libro, che a fine luglio arriva *primo* in classifica e ci rimane per due settimane. La mia gente esce allo scoperto e mi abbraccia. Sono persone smarrite dal turbine della mutazione dei nostri tempi, le loro certezze sballottate da un presente divenuto diaccio e incomprensibile. Regalano alla mia pagina Facebook le loro storie dolorose e taglienti, tutte simili alla mia e tutte diverse tra loro.

Mi scrivono, sfiduciati e impauriti, artigiani e piccoli e piccolissimi imprenditori di ogni possibile settore e d'ogni parte d'Italia, studentesse e studenti universitari che più si avvicinano alla laurea e più smarriti sono, liceali e bancari e banchieri e pensionate e pensionati e sindacalisti e grandi industriali e docenti e finanzieri e ufficiali della Guardia di Finanza e lavoratori di fabbriche occupate. Molte sono le persone anziane che hanno lavorato una vita e vogliono ricordare con me i tempi belli, e tremano al pensiero del futuro dei loro figli e nipoti. Tanti sono i tessili, i miei tessili. Tantissimi gli operai in cassa integrazione o in mobilità. Mi dicono che la mia storia è anche la loro storia. Non mi chiedono nulla. Mi fanno i complimenti per la vittoria, mi ringraziano per avergli dato voce, mi abbracciano.

Spesso durante la scrittura mi ero chiesto se quello della mia vita non fosse un racconto troppo parziale, troppo privilegiato, troppo difficile da condividere – dopo tutto l'azienda di famiglia mi era stata consegnata, non l'avevo certo fondata io, e vendendola m'ero arreso quasi subito di fronte alle stesse difficoltà contro le quali loro dovevano lottare ogni giorno.

L'ultima cosa che mi aspettavo era ritrovarmi a *essere consolato* da persone che avevano sempre avuto e hanno oggi molto meno di me, e però non me ne facevano una colpa: anzi, pensavano che a seguito di questo incredibile, impensabile rovescio di fortuna che è per un italiano l'avvento della globalizzazione *avessi perso molto più io di loro* che l'azienda, seppur malandata, l'avevano ancora, e così si sentivano di ringraziarmi, di dirmi che avevo avuto il coraggio di raccontare tutte le mie sconfitte e incapacità, d'aver dato voce alla mia rabbia che era anche la loro, e d'averla fatta sentire con forza in tutta Italia. Di aver messo, cioè, il Premio Strega a conforto e sostegno e baluardo di tutte le decine di migliaia di italiane e italiani che in questi anni aspri hanno perso il posto di lavoro, o che temono di perderlo.

Cerco di rispondere a tutti. E piango, ogni giorno dell'estate più bella della mia vita. Vorrei vedere voi.

E ogni giorno mi viene in mente *Quelli che si allontanano da Omelas*, il bellissimo racconto di Ursula Le Guin, una delle migliori autrici di quella fantascienza americana che leggevo sempre da ragazzo.

Racconta di una splendida città, Omelas, dove tutti sono felici. Scrive Ursula Le Guin di *una sconfinata e generosa contentezza*, di *un trionfo magnanimo*, dello *splendore dell'estate del mondo*: è questo che colma i cuori degli abitanti di Omelas, e la vittoria che festeggiano è *quella della vita*. L'autrice ci mostra per lunghe pagine la magnificenza della Festa dell'Estate, le processioni, le gare dei destrieri, la musica sublime che si spande per le vie della città.

E poi ci prende per mano e ci conduce in una stanzetta buia, umida, sporca nella quale vive da solo un bambino, che ha sempre vissuto lì e lì rimarrà per sempre, inebetito dal buio, dal silenzio, dall'abbandono. Gli danno da mangiare una volta al giorno, quel che basta per tenerlo in vita. Prima si lamentava e urlava e piangeva, poi ha smesso. Tutti gli abitanti di Omelas sanno che è lì. Alcuni vanno a vederlo, altri no. *Ma tutti sanno che la loro gioia, la bellezza della loro città, la salute dei loro figli, la loro felicità e ricchezza e persino il clima benigno dei loro cieli dipendono interamente dall'abominevole infelicità di quel bambino.*

Se venisse liberato, pulito, nutrito e confortato, *in quel giorno e in quell'ora tutta la prosperità e la gioia e la bellezza di Omelas verrebbero annientate.* Verrebbe gettata via la felicità di migliaia di persone per toglierne dall'infelicità una sola.

E se la maggioranza degli abitanti di Omelas finisce per abituarsi all'idea del bambino che soffre per tutti, del capro espiatorio, ogni tanto uno dei giovani che viene portato a vederlo esce dalla stanzetta e comincia a camminare, e non si ferma, e lascia Omelas per non tornarci mai più.

Mi viene in mente *ogni giorno*.

ciao nesi

ciao nesi ancor prima mi scuso del mio italiano sicuramente privo di punti e virgole ma ti voglio regalare l'emozione di un comune meccanico nel dirti bravo per aver scritto questo libro e credimi se sei riuscito a farmi leggere un libro a me hai vinto molto di più di uno strega e giuro mi sono commosso più volte nel seguire la rabbia e l'amaro che leggendo mi hai trasmesso nel capire come è stato duro quel silenzio in ascensore dopo la vendita della ditta ma ancora più forte mi ha colpito il silenzio della tessitura e la carezza al telaio e che probabilmente molti pratesi purtroppo sono stati vittime di quello spettacolo senza poter reagire. mi fermo qui caro nesi perché ho gli occhi lucidi e spero di non trovarmi in officina a guardare le chiavi appese accarezzando una moto come un figlio che sta per partire e che probabilmente non tornerà.

dimenticavo ho iniziato a leggere alle nove e trenta mi sono fermato alle due di notte e giuro alle sei e quaranta mi sono svegliato e poco prima del messaggio con orgoglio l'ho finito di leggere. ti rendi conto. altro che premio strega hai vinto, o nesi questa è stata la scelta giusta diventare scrittore. scusami però secondo me scriverla è troppo poco bisognerebbe fare un film per far capire alla gente chi siamo e che cosa siamo stati in grado di costruire. ciao nesi

                                        8 Ago 2011 07:37
                                        Da: Barni Stefano Cell

Del Campo

Michele Del Campo porta un nome impegnativo, dal suono e dal sapore cavalleresco. Viene da immaginare un guerriero in armatura scintillante, la spada sguainata, saldo in groppa a un destriero bardato per la guerra – un compagno d'armi di Ser Lancillotto del Lago, uno dei Cavalieri della Tavola Rotonda.

Invece Michele Del Campo è un signore che sembra bordeggiare la tarda cinquantina, gentile e robusto, serio e acuto. Si veste facendosi guidare dalla dignità del ruolo che sente di svolgere, e così spesso sconfina in quell'eleganza sobria che molti vorrebbero raggiungere, perché riesce ad apparire involontaria. Porta occhiali dalla montatura minimale, che non nascondono uno sguardo fermo e vivace. Ha la voce sommessa e un eloquio preciso, scelto. Viene dal Sud, Michele Del Campo. Da Apricena, provincia di Foggia. È arrivato a Prato quasi quindici anni fa. Ha sempre fatto il sindacalista, si è sempre occupato di formazione e di lavoro. Oggi dirige la FIL, una società della Provincia di Prato che si occupa sia di trovare il lavoro ai giovani che non ce l'hanno, sia di riqualificare, aggiornare, specializzare chi – giovane o meno giovane – un lavoro l'aveva, ma l'ha perso.

Del Campo irrompe nel mio ufficio di assessore alla Cultura e allo Sviluppo Economico e Marketing Territoriale della Provincia di Prato – un complesso di cariche e maiuscole, mi rendo conto, degno di un racconto di Gogol' – e dice che mi vorrebbe invitare a parlare ai suoi ragazzi e alle sue ragazze.

Gli chiedo chi siano i suoi ragazzi e le sue ragazze, e lui mi risponde che i suoi ragazzi e le sue ragazze sono giovani che hanno smesso di studiare subito dopo le medie, o che non le hanno nemmeno finite, o che le hanno fatte in un altro paese e poi sono venuti in Italia, o che sono stati bocciati a qualche scuola tecnica e sono arrivati alla FIL per imparare un mestiere attraverso la frequentazione di corsi di specializzazione. A volte sono gli assistenti sociali, a mandarli. A volte sono le famiglie, che non sanno più cosa fare con loro. A volte non hanno famiglia, e sono i parenti, più o meno stretti, a mandarli da lui.

– Sono quelle persone per le quali la società non ha un'idea di futuro, Edoardo, – mi dice. – Sono quelle persone che rischiano di essere espulse dal mondo del lavoro e dalla società prima ancora di compiere vent'anni. Qualcuna di loro, ti avverto, ha già avuto dei problemi con la giustizia. Roba piccola: furtarelli, droga, risse. Quella roba piccola che poi, a volte, può portare a problemi più grandi. C'è chi li potrebbe definire, non per snobismo ma per amore della lingua inglese, dei soggetti *borderline*. Io li chiamo i miei ragazzi e le mie ragazze. Hanno bisogno di te. Allora, vieni?

– Di me? Ma di cosa gli devo parlare?

Allarga le braccia e sorride.

– Della tua storia, del tuo lavoro. Di quello che scrivi. Di cosa vuol dire scrivere. Di cosa è per te il lavoro. Dell'importanza della cultura nella tua vita. Del Premio Strega. Di' quello che vuoi, Edoardo. Vieni, dài. Hanno bisogno di tutto.

Lo guardo. Mi tiene gli occhi puntati addosso. Non è insistenza, la sua. È determinazione. Se oggi gli dico di no, tornerà. Senza mai volermene, tornerà finché non andrò da lui e dai suoi ragazzi e dalle sue ragazze.

– Ma sei sicuro che a loro interessi?

– Non importa che a loro interessi. A loro *serve*, e credo che servirà anche a te. Voglio che comincino a pensare che la cultura li possa aiutare. A vivere e a trovare un lavoro. Voglio che comincino a leggere. Aiutami.

Fissiamo un appuntamento per qualche giorno dopo. È una frizzante mattina di metà novembre quella in cui Michele Del Campo mi accoglie sulla porta di un grande edificio coi mattoni a vista, di gusto vagamente britannico, che ospita la FIL. Mi conduce in un'aula piena di ragazzi. Tutti maschi. Sono aspiranti idraulici. Sembrano avere tra i diciassette e i venticinque anni, ma è difficile da dire. Portano quasi tutti magliette con scritte incongrue, tra le quali spiccano due incredibili DE PUTA MADRE. Vedo diversi piercing, qualcuno doloroso anche solo da guardare. Molti orecchini. Tutti hanno i capelli molto, molto corti e indossano quelle che, quando avevo la loro età, si chiamavano scarpe da ginnastica.

Del Campo mi presenta, e poi mi dà la parola. Li saluto e comincio a parlare, ma sono imbarazzato. È una platea del tutto nuova per me. Mi innervosisco e mi intenerisco allo stesso tempo mentre cerco di sostenere i loro sguardi attenti, e avvio a raccontare dei miei primi tempi in fabbrica, quando non sapevo fare nulla e dovevano insegnarmi tutto e poi, alle sette di sera, rimasto solo, mi chiudevo in ufficio e cominciavo a tradurre. Dico loro di quando decisi di iniziare a scrivere il mio primo romanzo, e perché. Racconto chi sono i miei scrittori preferiti, e perché. Ogni tanto li faccio ridere per una battuta o un gioco di parole. Va meglio, mi pare. Va quasi bene, ora. Ascoltano in silenzio. Quasi tutti, almeno. Un gruppetto di tre ragazzi – apparentemente più grandi degli altri – sembra meno interessato. Siedono stravaccati e continuano a tirarsi scappellotti, per poi scoppiare in risatine subito soffocate dallo sguardo improvvisamente severo di Del Campo. Si rimettono ad ascoltare, gli occhi puntati su di me, e dopo una trentina di secondi si distraggono di nuovo, e ripartono gli scappellotti e le risatine.

Gli altri, però, sono molto attenti. Nessuno di loro legge. Dicono che non gli piace, che a scuola ne hanno dovuti leggere tanti di libri che non gli piacevano, e così *gli è venuto il disgusto*. Dicono di non avere tempo, proprio loro che invece rischiano d'averne troppo a disposizione per tutta la vita. Provo a spiegare che devono amare i libri, che è nel loro interesse stargli il più vicino possibile, sempre. Dico, testualmente, infervorato, *perché vi si attaccherà qualcosa di positivo anche se prendete un libro da uno scaffale e ne leggete una pagina a caso*. Dico loro di andare in biblioteca senza paura, perché *è un posto fantastico, nessuno vi chiederà dei soldi per entrare e nessuno vi manderà via, e potrete leggere qualsiasi libro e qualsiasi giornale del mondo e vedere i film e sentire la musica – con le cuffie, però, sennò vi butteranno fuori...*

Loro ridono, e io mi scaldo. Comincio a raccontare anche un po' di dolorosa verità. Delle mie incertezze di quando facevo l'imprenditore, di quanto caro si pagasse ogni errore. Del contemporaneo, disperato bisogno di scrivere. Del senso di colpa che mi prendeva mentre scrivevo al pensiero di star rubando tempo ed energia all'azienda, e del senso di colpa uguale e contrario che provavo mentre lavoravo, al pensiero di ignorare la mia unica passione. Della paura di non riuscire a scegliere tra due lavori e di non riuscire mai a trovare un posto – il *mio* posto – nel mondo.

E mentre mi confesso, dicendo cose che in vita mia ho detto solo a Carlotta, il capo dei tre disattenti tira uno scappellotto a uno dei ragazzi che, invece, mi avevano ascoltato fin dall'inizio. Allora mi fermo, improvvisamente irritato, e gli dico:

– Scusa, te. Sì, te. Perché stai seduto in quel modo?

Dalla posizione inclinata in avanti coi gomiti appoggiati al tavolo che ho tenuto per tutto l'incontro, mi getto all'indietro contro lo schienale della sedia, a imitare la sua posizione stravaccata. I suoi amici lo guardano e ridono. Lui mi fissa. È un ragazzo di una ventina d'anni. Albanese, robusto, capelli corti rasati sulle tempie, come i soldati americani del Vietnam, o il Tyson dei tempi migliori.

– Io sono venuto qui stamattina a parlare con voi, – gli dico, deciso, – e per rispetto mi sono anche messo la giacca, vedete... Se ti vedo stravaccato in quel modo sulla sedia, e distratto, a tirare scapaccioni ai tuoi amici, io penso che non te ne importi nulla di ciò che dico. È così? Non te ne importa nulla?

E mentre lo dico, nell'attimo in cui io fisso lui e lui fissa me, penso d'avere sbagliato. Che voglio da loro? Che penseranno di me e delle mie privatissime, privilegiatissime camminate sul filo di cashmere che avevo teso tra industria e scrittura? Tra mezz'ora al massimo risalirò sulla moto e me ne andrò a fare l'assessore, e non mi vedranno più. Cosa e quanto si ricorderanno di ciò che gli ho detto? E davvero gli servirà a qualcosa?

Nella classe si fa silenzio. Michele mi guarda sereno, quasi compiaciuto, e il ragazzo che tirava gli scappellotti *si mette a sedere composto*, il volto di colpo serio, e dice che certo che gli interessa. Dice che lui è abituato a sedere così, e che non voleva mancarmi di rispetto. Assolutamente. Mi chiede di scusarlo, e sorride.

È in quel momento prezioso che finalmente capisco la grandezza e la solitudine e l'attaccamento al lavoro di Michele Del Campo e di tutti i Michele Del Campo che ci sono in Italia, gli unici a conoscere la profondità di quello che è il più grande problema del paese, infinitamente più grande del debito pubblico, e cioè l'esistenza di un esercito di ragazze e ragazzi ai quali nessuno s'è mai degnato di insegnare nemmeno come si sta seduti composti – né la famiglia né la scuola né lo stato né la chiesa, *nessuno* – e ora si trovano in prima linea in una disperata competizione mondiale per conquistarsi un posto di lavoro: una generazione di inoccupati, di mai occupati, il cui improbabile punto d'arrivo è forse riuscire a immettersi nella girandola dei maledetti lavori temporanei.

Non è possibile chiamarsi fuori dalla responsabilità. Non sarebbe giusto. È anche colpa mia. Mi sento colpevole anch'io, qui e ora, davanti a Michele Del Campo e ai suoi ragazzi.

Colpevole di non aver capito prima, di non essermi interessato, d'aver letto mille e mille volte dei giovani che non trovano lavoro e di averne parlato persino *alla televisione*, senza aver mai ragionato con uno di loro, senza mai averne ascoltato uno, senza nemmeno averlo mai visto in faccia, un giovane senza lavoro! Colpevole anch'io, certo – non sono forse un cittadino italiano? – per tutto ciò che è stato fatto a questi ragazzi da chi ci ha governato, e anche e soprattutto per tutto ciò che per loro non è stato fatto. Colpevole d'aver guardato da un'altra parte, di non aver fatto nulla e di non aver detto nulla. Colpevole di non essermi mai schierato dalla parte di questo esercito di tralasciati, di abbandonati, di impreparati che la nostra società, il nostro mondo sta arruolando per un futuro fatto di nulla. Sono anch'io uno dei cittadini felici di Omelas.

Guardo Del Campo, e lui capisce che non ce la faccio a proseguire. Non subito. Il regalo che m'ha fatto chiedendomi di venire qui – il più prezioso, quello della comprensione – m'ha toccato, e ho bisogno di qualche secondo per riprendermi.

Prende la parola, e chiede se c'è qualcuno che da domani, dopo avermi conosciuto, comincerà a leggere un mio libro. Ne ho portati due, e li porgo a Michele, che li consegna ai ragazzi. E mentre cominciano a sfogliarli e a indicare prima la foto in terza di copertina e poi me, ripartono com'è giusto gli scappellotti, e non riesco a non chiedermi cosa sarei riuscito a fare nella – e della – mia vita, se invece d'esser nato figlio di mio padre e di mia madre, fossi nato in Marocco da una famiglia povera, portato in Italia e sguinzagliato per le strade ad arrangiarmi.

Non sanno, non immaginano nemmeno quanto gli viene negato. E non è giusto. Li guardo e penso che avrebbero l'età per essere miei figlioli, tutti loro, e non riesco a trattenermi: bisogna che gliela dica, questa cosa antica e borghese e utile che mi tengo dentro. Male certo non gli farà.

– Un'ultima cosa, ragazzi, – annuncio. – State a sentire. Finito il corso alla FIL, verrà il giorno in cui dovrete andare a presentarvi per la prima volta a chi dovrà decidere se assumervi o no. Sarà bene prepararsi prima, e bene, a questo colloquio.

Li vedo bloccarsi, irrigidirsi sulla sedia e ascoltare. Di nuovo, si fa silenzio. Il ragazzo che tirava gli scappellotti mi guarda fisso. Si sentirebbe volare una mosca.

– Ascoltatemi bene. Quella mattina, date retta a me, via i piercing, via gli orecchini. Niente creste sulla testa, niente capelli ritti. Niente magliette con le scritte. Via tutto. Mettetevi una camicia bianca. Anche a maniche corte, se non ne avete una a maniche lunghe. E se non ce l'avete, fatevela prestare.

Si guardano, a disagio. Mi sembra d'essere Berlusconi, con questi consigli neorealisti, ma devo andare avanti.

– E state seduti composti sulla sedia. Così, guardate. Come sto io ora. Non vi appoggiate allo schienale, non sedetevi sull'orlo. State dritti. Così. Guardate negli occhi chi potrebbe darvi un lavoro. Sorridete. Avrete più possibilità di farcela.

Vedo tutti loro che, inconsciamente, provano a sedersi come gli ho detto io. Qualcuno tenta un sorriso.

– Non sto scherzando. Fate come vi ho detto. Auguri a tutti.

Michele Del Campo proclama finito l'incontro, e mi applaudono. Ci stringiamo le mani, facciamo delle foto insieme. Tutti sorridono e dicono che gli è piaciuto molto, l'incontro. Mi ringraziano. Anche Michele mi ringrazia tanto, mentre mi accompagna. *Lui* ringrazia me!

Percorriamo in silenzio i trenta metri che ci separano dal parcheggio. Davanti alla moto, gli chiedo chi glielo fa fare di prendersi sulle spalle tutto questo dolore, d'assistere ogni giorno a questo spreco di giovinezza, di capacità, di futuro. Perché si assume in silenzio un compito disperato e forse impossibile, senza aiuti, senza lamentarsi, senza chiedere né ottenere riconoscimenti di nessun tipo?

Lui mi guarda e sorride e dice che, no, non è solo. Ci sono persone che lo aiutano, che si sforzano per questi ragazzi. No, davvero, non è solo. In Italia ce ne sono tante, di persone come lui. È che se ne parla poco. Forse troppo poco. E comunque, dice, *non può farne a meno*. Proprio così. *Non può farne a meno.*

Lo ringrazio e lo abbraccio, Michele Del Campo. Di certo dovevano essere fatti così, i Cavalieri della Tavola Rotonda.

Barletta

Il 3 ottobre 2011, nel centro di Barletta, crolla una palazzina nel cui scantinato c'era un laboratorio tessile che operava senza nessuna autorizzazione. Una decina di donne italiane vi lavoravano in nero, a confezionare maglie, e tre di loro muoiono nel crollo, insieme a una bambina, la figlia del titolare, che si trovava lì per caso. Il "Corriere della Sera" mi chiede un pezzo sulla tragedia. Lo scrivo col cuore attanagliato dalla rabbia.

Il costo del tuo lavoro è la vita. La tua vita. Sei un'operaia e vai ogni giorno a lavorare in uno scantinato. Lo scantinato è un opificio. Una maglieria. Tu confezioni maglie. O forse non confezioni davvero, ma ti limiti ad applicare etichette "Made in Italy" a maglie prodotte in Cina. Un giorno cominci a sentire degli strani rumori che non hai mai sentito prima. Sono come dei gemiti, degli scricchiolii. Non vengo-

no dalla strada vicina, o dalle macchine davanti alle quali lavori. Vengono dalle mura del palazzo. Ti chiedi cosa possano voler dire. Non puoi accettare che siano ciò che pensi. Ti dici che forse è normale sentire degli scricchiolii in un palazzo così vecchio. E continui ad andare a lavorare. Ogni giorno. La notte, nei terribili dormiveglia che ti afferrano e non ti vogliono lasciare, ti chiedi se non dovresti parlarne con qualcuno. Coi sindacati, coi vigili. Con la polizia. Coi carabinieri. Ma non lo fai. Ti scordi di farlo. Preferisci scordarti di farlo, forse. Ogni giorno vai avanti, ti svegli e torni lì, a lavorare. Perché devi. Devi pagare la spesa, i vestiti dei bambini, il mutuo. Devi vivere, e continui a lavorare. È quello che fai, che hai sempre fatto. Lavori sepolta in uno scantinato per combattere la concorrenza di altri disgraziati come te. Sei impegnata in una competizione inconsapevole e crudele con altri lavoratori che lavorano in altre fabbriche, in tutto il mondo. Fabbriche probabilmente più sicure dello scantinato in cui lavori tu. Ma non importa. Devi lavorare e lavorerai. Il tempo non è che tempo, e si porta via i pensieri. Non credi davvero possibile che un palazzo possa cadere. E poi, proprio su di te. Ti dici che queste cose è molto difficile che succedano. Che non succederà proprio a te.

Il tuo lavoro vale poco, ragazza mia. Pochissimo. Non dovrebbe essere così. Non è giusto che sia così. Non quando con il tuo lavoro stai prendendo parte alla produzione di *uno dei simboli dell'eccellenza, del buongusto e della classe in tutto il mondo. Il Made in Italy. Perché non importa quale sia la qualità delle maglie che produci, o per conto di chi le produci, o dove siano state prodotte davvero. È merce che verrà venduta con l'etichetta "Made in Italy", e questa provenienza ha un valore misurabile, che si applica a ogni cencio e a ogni accessorio che viene prodotto nel nostro paese. Da chiunque. Decine e decine di migliaia di cinesi sono venuti e continuano a venire a lavorare in Italia, chiusi in scantinati come quello in cui lavori tu, per poter produrre merce Made in Italy. Ragazza mia, sei l'ultimo anello di una catena di lavoro che un tempo era una cosa gloriosa, l'orgoglio e il vanto della nostra nazione, e oggi invece non ha più alcun senso. Ricordalo, e salvati.*

Fast Forward

Poi qualcuno, da qualche parte, deve aver premuto il tasto *Fast Forward* dell'universo perché in poche settimane tutto cambia, o meglio tutto precipita, e dell'economia reale non parla più nessuno. È la finanza che invade e agita i nostri giorni. La Grecia sembra davvero barcollare sull'orlo del fallimento: i finanziamenti dall'Europa sono condizionati a misure malthusiane, e i telegiornali invasi dalle immagini di rivolte di popolo, con madri e vecchi e ragazzini a protestare contro la polizia in assetto di guerra, nella nebbia dei lacrimogeni.

Subito dopo tocca all'Italia. La differenza di tasso tra i nostri BTP e i *Bund* tedeschi si alza bruscamente, e poi continua a salire. È lo *spread*, e diventa l'indicatore della nostra serenità. Più si alza, meno – e meno bene – si dorme. I giornali di tutto il mondo si pongono il problema della tenuta dell'Italia e delle sue banche di fronte a tassi d'interesse così alti e così divergenti da quelli tedeschi. Si avvia a dibattere apertamente della possibilità di fallimento del nostro paese e di un'uscita dall'euro le cui modalità, non essendo contemplata dai trattati, nessuno è in grado di immaginare. Il credito bancario alle aziende si inaridisce fin quasi a sparire. Roma viene incredibilmente messa a ferro e fuoco da fantomatici, incontrastati blackbloc. Berlusconi partecipa a un ennesimo, inutile vertice G8 a Cannes, e nella conferenza stampa finale, accanto a un attonito Tremonti, dice che il nostro è un paese ricco perché i ristoranti sono pieni. È tutta la politica italiana che impazza, perde la consapevolezza del momento, e si scioglie.

Il 9 novembre 2011, giorno del mio compleanno, lo *spread* sale fino a 575 e i rendimenti dei BTP sfiorano l'8%, un tasso insostenibile per il sistema. Dopo qualche sfiatata resistenza, nel primo momento in cui è davvero messo alla prova, Berlusconi si dimette, congedato dai canti di gioia d'una folla incredula e festosa radunatasi davanti al palazzo del Quirinale, condannato ad andarsene tra lazzi e fischi e a essere ricordato come il Mangiafuoco dei nostri ultimi giorni di vacanza nel Paese dei Balocchi, la terra felice e sedata in cui abbiamo vissuto fino a oggi: l'Italia in cui *tutto è in frantumi e danza*, come vagellava Jim Morrison.

Entra in scena Mario Monti, il Cavaliere Bianco della Globalizzazione, il Professore dei Professori, il Salvatore della Patria, invocato e voluto e osannato e nominato prima senatore a vita e poi, dopo qualche giorno, presidente del consiglio.

Spalleggiato da ogni televisione e ogni giornale e ogni radio d'Italia, incredibilmente e incrollabilmente sostenuto in parlamento sia da un Popolo della Libertà frastornato sia da un Terzo Polo plaudente sia da un Partito Democratico entusiasta, si mette a telefonare ai suoi amici e forma in quattro e quattr'otto un governo di tecnocrati semisconosciuti che viene accolto da una salva di applausi assordante e pressoché unanime, e riscuote alle Camere una fiducia di dimensioni mai viste, perché quasi nessuno ha il coraggio di votargli contro, e in due settimane presenta una manovra fatta quasi solo di tagli e di tasse dal sapore antico, che si dirige esattamente nel senso contrario rispetto a ciò che servirebbe alla crescita dell'economia reale.

Poi il Professore dei Professori va in televisione e giustifica la durezza della manovra – accolta con giubilo dai mercati che, sia chiaro, accoglierebbero con giubilo anche una patrimoniale del 50% e l'abolizione dello Statuto dei Lavoratori – raccontando con la solita gelida compostezza appena appesantita da qualche goffaggine una serie di enormità fors'anche possibili, ma di certo impossibili da smentire perché non sottoponibili a controprova: che senza la sua manovra *l'Italia sarebbe diventata come la Grecia*, che *non ci sarebbero stati i soldi per pagare gli stipendi alla fine del mese* e, dopo qualche stolido secondo di pausa, come a ripetere una lezione imparata, *nemmeno le pensioni*.

Che, se ancora non ce ne siamo accorti, lui *sta salvando l'Italia*. Della crescita si occuperà in futuro. Applausi.

La crescita!

Disteso a letto a guardare il soffitto accanto a Carlotta che dorme serena, sono un fascio di nervi. I pensieri si rincorrono nella mia testa veloci come ventate, e non c'è verso d'addormentarsi. Da ore continuo a rigirarmi alla ricerca della parte più fresca del cuscino, cercando di ripararmi dal bagliore argenteo della luna piena che filtra attraverso e sotto e oltre le tende, come se questa notte infinita non fosse che un pallido giorno glaciale. Nel silenzio, sento solo il battito accelerato del mio cuore, e la rabbia. È lì, subito sotto la pelle. È lei che non mi fa dormire.

La crescita! Finalmente se ne sono accorti che manca la crescita! Non parlano d'altro, tutti! Se solo smettessero di invocarla a vanvera ogni giorno, i Professori che ci governano, di farsene baluardo, loro che non l'hanno mai vissuta e mai realizzata e mai davvero capita, la crescita, nemmeno quando era così possente e ubiqua che sembrava di poterla toccare con le mani e annusarla nell'aria! Che ne sanno della crescita, loro?

La crescita è un germogliare, uno svilupparsi faticosissimo che aggiunge energia e complessità al mondo: un fenomeno miracoloso e transitorio ed eccezionale, il più prezioso e raro e breve degli stati dell'esistenza. La crescita è il combattimento vittorioso che la vita ingaggia contro il decadere che l'entropia impone subito e crudelmente a ogni cosa. È poesia in azione, impossibile da spiegare e da raccontare ricorrendo solo alla matematica, e riguarda lo spirito, più che i numeri, sempre inadeguati a raccontarne il suo senso più vero e profondo, irrazionale e umanissimo, antico, quasi magico.

Come ogni meccanismo creato dall'uomo per muovere le cose inanimate, la crescita economica ha al suo centro un fuoco. Nel caso dell'Italia di oggi è ormai solo una lieve fiammella che danza stenta sulle braci di un grande, antico incendio, eppure è da questa fiammella che nasce la necessità di fare, il bisogno profondo e quasi involontario di lavorare, la dedizione all'impegno quotidiano, la fede in quella speranza di conquista del benessere che rappresenta il motore delle vite delle donne e degli uomini di questo pianeta, la sostanza dei loro sogni, il combustibile delle loro ambizioni, il loro stesso futuro.

La fiammella rappresenta – forse addirittura *è* – quell'idea fondamentale che vuole che all'impegno debba corrispondere una ricompensa, e che il merito vada sempre premiato. È un'idea semplice e vecchia come il mondo, l'unica in grado di allontanare dal popolo lo spettro della povertà, e bisogna stare molto attenti a minarla, poiché alimenta e sostiene il patto sociale e spinge ognuno di noi a sacrificarsi oggi in cambio della promessa di avere di più domani, in giusta proporzione a quanto avremo saputo fare e a quanto ci saremo impegnati.

La crescita economica non la creeranno certo i politici o i banchieri, che del resto non l'hanno mai creata, ma il lavoro di tutti quei milioni di uomini e donne che ogni mattina si siedono davanti a computer diacci, danno il via a macchinari sporchi, salgono su furgoni e camion smarmittati, afferrano i loro telefoni e avviano a lavorare: inviano e ricevono ordini e fatture e note di credito e note di debito e lettere di credito, e gestiscono anticipi e ritardi e consegne e annullamenti e campionature e reclami, e rispondono alle e-mail e ai fax e alle lettere, e tagliano, cuciono, impilano, saldano, controllano, costruiscono, assemblano, fondono, spediscono e caricano e scaricano pesi, e mille altre di queste minime e preziosissime attività umane. Sono loro gli eroi e le eroine che ogni giorno maneggiano coraggiosi la sostanza stessa del lavoro, e del lavoro permeano le loro vite – spesso portandoselo a casa, chi nel pensiero e chi addirittura materialmente.

Proprio in questi minuti le loro sveglie stanno per suonare. Chissà quanti già le fissano con gli occhi sbarrati, reduci da notti insonni come la mia, e sanno perfettamente che il sonno invano cercato per ore piomberà su di loro non appena avranno premuto il pulsante che interrompe il segnale della sveglia, e nel nuovo silenzio della camera da letto s'accorgeranno di quanto è diventato difficile e pesante, quasi insopportabile, abbandonare il tepore delle coperte e alzarsi, già esausti, per andare a lavorare, cercando di dimenticare l'angoscia che ha spezzato i loro sonni e avvelenato le loro notti.

Molti di questi insonni sono forse piccoli e piccolissimi imprenditori che si preparano ad aprire il cancello o ad alzare il bandone della loro azienda barcollante. Ancora oggi ricordano perfettamente quando azzardarono di puntare tutto sulle proprie idee e sulle proprie energie, prima di sapere se le idee fossero giuste e le energie bastevoli; quando si convinsero di vedere un'opportunità che nessun altro vedeva e decisero di indebitare la propria vita e il proprio futuro e quello dei propri figli per aprire e mandare avanti un'azienda che, nelle loro speranze, riuscisse a sfruttare quell'opportunità.

Sono orgogliosi ancora oggi d'essere diventati dei piccoli imprenditori, e trovano in questo orgoglio residuo, pur ammaccato e attaccato ogni giorno dalla crudezza del reale, la ragione per ingoiare ogni mattina le loro domande senza risposta e continuare a ignorare la tentazione sempre più forte di smettere.

Ma non ci riusciranno per sempre, non in queste disastrose condizioni di mercato, non senza l'aiuto indispensabile di quel credito bancario che è svanito da un giorno all'altro, prima vittima di questa crisi maledetta. Dei giorni della crescita, di quando guadagnavano bene e assumevano ragazzi e ragazze non si ricordano quasi più, come se fosse successo ad altri. Anche la loro è una vita senza ieri.

Oggi vivono una mera lotta per la sopravvivenza, sia dell'impresa sia personale. Perché sono ormai molti – troppi, maledizione! – gli imprenditori italiani piccoli e grandi che schiantano di vergogna al pensiero di andar male, di non poter restituire i debiti, di dover licenziare le persone con cui hanno lavorato fianco a fianco per tutta la vita. Non riescono a trovare il coraggio di dirlo a nessuno, spesso nemmeno alle loro mogli, e allora avviano a vivere una vita di finzione durante la quale sprecano i loro ultimi risparmi per mostrare una prosperità perduta da tempo, e questa imitazione di vita dura finché durano i soldi, ma poi arriva il giorno in cui letteralmente *non ce n'è più*, e allora finiscono per perdersi d'animo, per disperare, si abbandonano a pensieri cupi e aggrovigliati dentro l'azienda muta e senz'ordini, e nel momento più nero, soli, si tolgono la vita. Per il lavoro.

Difficile – difficilissimo – fare l'imprenditore oggi. Incomparabilmente più difficile di quanto fosse farlo vent'anni fa. Come dice mio padre: *Ci corre un filar di case.* M'accorgo di averle sussurrate, queste parole, non solo pensate. M'accorgo d'aver detto, nel buio e nel silenzio della mia camera:

– Ci corre un filar di case.

Carlotta si muove, dice nel sonno qualcosa che non riesco a capire, e poi si cheta, immobile. Chissà se l'ho disturbata coi miei pensieri neri, chissà se ha sentito anche lei la mia rabbia.

È stata lei a raccontarmi, proprio ieri sera, a cena, d'essere entrata in banca e d'aver provato una grande sorpresa trovandola quasi vuota, se non per un uomo davanti a lei che stava dicendo all'unico cassiere agli sportelli:

– Il lavoro gli è morto. Questa l'è una città finita. Tutta l'Italia l'è bell'e finita.

Parlava col volume alto e pratesissimo di chi ha lavorato tutta la vita accanto a macchine rumorose, in quella buffa mistura di toscano acquisito e apulo-irpino ereditato che è la lingua franca del *popolo con gli occhi azzurri,* come

Sandro Veronesi chiamò quell'esercito di uomini bassi e instancabili e onestissimi venuti a Prato a cercar lavoro negli anni Settanta da Panni o da Ariano Irpino, molti dei quali diventarono microimprenditori.

– Prima di Natale noleggio un camion, ci carico sopra la mia famiglia e tutta la nostra roba e vo in Romania, perché mi hanno detto che là ci sono delle opportunità! Capito, dove vo? In Romania!

Quelle parole erano fischiate come sassate nel silenzio della banca svuotata di clienti e di denaro, subito seguite da un silenzio cattivo, sottolineato dal sospiro dell'aria calda che usciva dai fan-coil. Poi l'uomo aveva tirato fuori il portafogli di pelle consumata, illucidita – un portafogli di quelli antichi, *da babbo*, gonfio solo di carte, d'appunti, di tessere – e aveva estratto centoventi euro, che aveva chiesto al cassiere di versare sul conto della sua aziendina – un'imbozzimatura – per pagare una multa per una tassa che non era riuscito a saldare prima dell'estate.

– Non era per niente arrabbiato, però, sai? Era calmo, era... dignitosissimo, – mi aveva detto Carlotta, e le erano venute le lacrime agli occhi.

I Professori

Guardano al mondo con distacco cattedratico, i Professori, lo considerano un'immensa arena nella quale si scontrano forze gigantesche ed epocali. Decretano gli stati i soggetti più piccoli a cui regalare la loro attenzione. Usano il telescopio, non il cannocchiale, e così *non vedono le persone*. Le considerano un esercito indistinto di consumatori, prima ancora che cittadini. Studiano i loro comportamenti aggregati, smarrendo così il senso più profondo dell'indispensabile, umanissimo, *personale* contributo al sistema economico delle centinaia di migliaia di microaziende e microimprenditori e dei milioni di loro dipendenti. Maledizione, *non ne parlano mai* nelle loro pensose interviste ai grandi quotidiani del mondo o nei loro foschi, altezzosi pronunciamenti!

I Professori sostengono che la crescita si può ottenere con le riforme, coi tagli. Con l'avvio di infrastrutture, con le liberalizzazioni, con le privatizzazioni – con atti di governo capaci di influire a pioggia sull'intero sistema economico e riassumibili in interventi di grande portata e ancor più grande entità. Nelle loro altere, glaciali conferenze-stampa vagellano di miliardi di euro già disponibili – anzi, già *sbloccati,* perché evidentemente in Italia i soldi sono sempre bloccati da qualcuno o qualcosa d'innominabile – che però nel mondo reale sono destinati a sfarinarsi nella lunga planata sul territorio fino ad arrivare, quando arrivano, sotto forma di spiccioli nei bilanci delle piccole e piccolissime aziende che costituiscono ancora oggi il motore dell'Italia, e che invece abbisognerebbero di leggi magari meno ambiziose, ma più specificamente mirate ai loro bisogni e a quelli dei milioni di loro dipendenti.

Come se il problema del mercato non fosse che un mero problema di malfunzionamento interno, e si risolvesse semplicemente eliminando tutti quei blocchi che ne intralciano il libero movimento.

Come se l'Italia non soffrisse, invece e soprattutto, dell'enorme perdita di competitività sui mercati mondiali della stragrande maggioranza delle nostre aziende e dei nostri prodotti a causa dell'avvento di questa globalizzazione selvaggia.

Come se non avessimo graziosamente consegnato ai cinesi le chiavi di casa nostra ubbidendo alle idee bacate che hanno contribuito a creare questa tempesta perfetta che oggi rischia di travolgerci tutti. Ci siamo anche ridotti a implorarli, affinché si degnino di comprare i nostri titoli di stato!

Perché, certo, è meglio – fors'anche molto meglio – per l'economia se nelle città viaggiano più taxi, o se paghiamo meno gli avvocati e i commercialisti e i notai, o se i processi civili non durano dieci anni, o se possiamo comprare un libro o un cappotto o le medicine o la cicoria a qualsiasi ora del giorno e della notte.

Ed è meglio per le imprese se le loro tasse vengono ridotte – certo, anche d'uno iota –, ma ci vuole una bella ingenuità a pensare che da tutto questo possa ripartire la crescita: quella vera, che dura anni e crea ricchezza condivisa e si traduce nell'aumento spontaneo e necessario dell'occupazione a tempo indeterminato. Perché è a questo tipo di crescita che bisogna mirare, non al mero aumento dei fatturati delle aziende: bisogna ricercare una crescita sana e virtuosa che vada ad attaccare la realtà più disastrosa e inaccettabile di tutte, quella che misura al 30% la disoccupazione giovanile in Italia, e quasi al 40% al Sud.

Nessuno sgravio per l'assunzione di giovani e donne – pur meritorio in apparenza e, a dire il vero, anche in sostanza – convincerà gli imprenditori in crisi ad assumere. Non assumono perché non hanno né lavoro né prospettive di averne di più a breve, i nostri piccoli imprenditori, e per loro non è che una beffa, e l'ennesima dimostrazione della distanza siderale che li separa dalla politica, il sentirsi presentare come un aiuto alle imprese una legge che gli consente di risparmiare su assunzioni che non sono in grado di fare.

E riguardo alle infrastrutture, anche senza voler considerare il loro costo astronomico, il tempo infinito necessario per costruirle e il branco di lupi famelici che tradizionalmente gli si aduna intorno, il loro impatto sul sistema economico è grande se i territori in cui si realizzano ne sono sprovvisti, ma diventa invece molto meno significativo su un territorio già largamente infrastrutturato come quello italiano.

Abbiamo davvero bisogno di nuove strade, di nuovi ponti, di nuovi porti o aeroporti, di nuove rotonde?

A me pare che le uniche infrastrutture di cui abbiamo davvero bisogno oggi siano quelle digitali. A me pare che l'Italia dovrebbe porsi l'obbiettivo di diventare il primo paese al mondo per diffusione della banda larghissima, d'essere la prima nazione wireless. A me pare che l'Italia farebbe bene ad aprirsi totalmente alla Rete, conquistandosi un nuovo vantaggio competitivo dopo aver gettato via buona parte di quelli che aveva.

Certo, io non sono nessuno e non conto nulla, e di sicuro non so vedere il futuro dentro le sfere di cristallo, ma prometto di tuffarmi prima nella pece e poi in un gran sacco pieno di piume d'uccello e di percorrere quattro volte di corsa il corso Mazzoni di Prato se si vedrà che l'Italia è ripartita grazie ai vecchi arnesi liberisti come i tagli a tutto ciò che è pubblico e le liberalizzazioni e le privatizzazioni; se le ragazze e i ragazzi ricominceranno a trovare lavoro; se, insomma, tutto si sistemerà *lasciando fare al mercato* perché, molto semplicemente, è così che funziona.

No, non posso più restare a letto. Bisogna che mi levi.

Una notte d'argento

Mi alzo e cerco di non far rumore mentre esco dalla camera. Scendo le scale e vado a sedermi in salotto. Tutti dormono e la casa è quieta, serena, tinta dalla luna d'argento e dal bagliore delle centinaia di luci della piana che si stende sotto la mia finestra: automobili, lampioni, case, insegne, capannoni. Son luci piccine, lontane, e ammiccano nell'aria mossa. Mi incanto a guardarle. Sono un conforto e una promessa: una fervida, ingenua, umanissima promessa di operosità, di lavoro, di futuro. Quelle luci sono nostre. Rappresentano e raccontano la nostra vita e il nostro lavoro. Le abbiamo accese noi, e continuiamo ad accenderle ogni notte per sconfiggere il buio e la paura e il destino sconosciuto, e Dio non voglia che abbiano mai a cominciare a spegnersi. Forse quelle luci siamo noi.

Quando ero piccolo, ogni tanto si spegnevano le luci della nostra casa e delle altre case e di tutta la città e di tutte le città d'Italia. Ci dicevano che il petrolio stava per finire, e col petrolio sarebbe finito il mondo come lo conoscevamo. Li chiamavano black-out, e sarebbero stati sempre più lunghi e più frequenti. Lo dicevano tutti. A casa, a scuola, al telegiornale, alla radio. *Più lunghi* e *più frequenti*.

Non era vero, ci avevano mentito. I nostri governanti ci avevano mentito, ancora una volta, ma in quei giorni non lo sapevamo, e faceva una gran paura vedere le luci, tutte le luci, che si spegnevano. Sembrava che a spegnersi fosse il mondo, e allora ci si ritrovava subito tutti nella stessa stanza, e la mamma e la nonna – il babbo era sempre in ditta – accendevano le candele e cominciavano a scherzare e raccontavano storie buffe a me e ai miei fratelli piccini, perché l'enormità del buio diventava di colpo evidente e solida e pesantissima, e solo la luce tremula della candela sembrava capace di proteggerci dall'oscurità e dal silenzio. Era il 1973. Avevo nove anni.

Eppure, mentre il mondo sembrava sul punto di spegnersi, il nostro futuro era immenso.

Qualche giorno fa stavo presentando *Storia della mia gente* in una libreria e, verso la fine dell'incontro, quando il relatore aveva chiesto se c'era qualche domanda dal pubblico, un ragazzo coi capelli rasta si era alzato in piedi e aveva chiesto di poterne fare una. Gli era stato portato un microfono, l'aveva afferrato strappandolo dalle mani della ragazza che gliel'aveva porto e, dopo averci strofinato sopra la mano aperta per accertarsi che fosse acceso, producendo quel familiare fruscio ringhiato, mi aveva guardato negli occhi e aveva annunciato che il male del mondo è l'ossessione per la crescita.

Aveva detto che non tutta la crescita è positiva, perché anche il cancro, in fondo, non è che una crescita. Che invece di crescere sarebbe molto meglio che decrescessimo, noi occidentali. Anzi, aveva aggiunto, noi *umani*. Che smettessimo di sprecare le risorse naturali, poiché non sono infinite. Basta accendere le luci quando fuori c'è il sole e illumina tutto! Basta usare energia per riscaldare una casa d'inverno, per poi dover usare altra energia per raffreddare il cibo dentro il frigorifero, quando basterebbe praticare un buco nella parete e lasciare che la temperatura esterna lo raffreddasse! Ogni energia deve venire dal sole, e deve bastarci quella! Basta sprechi! Basta consumare! Basta produrre *camionate* di cose inutili e usare la pubblicità per ingannare le persone e far loro comprare quel che già hanno. Ma soprattutto, basta essere schiavi del denaro! Basta indebitarsi per comprare le cose, e poi rovinarsi la vita per restituire i debiti! Tutto il nostro modo di ragionare è marcio fino al midollo! Tutto il sistema è marcio, e noi siamo degli schiavi! Schiavi del PIL, del fatturato, della globalizzazione, dell'ambizione, dell'avidità, dei debiti che non abbiamo contratto e che non è giusto che dobbiamo restituire! L'aveva ripetuto: *Debiti che non abbiamo contratto e che non è giusto che dobbiamo restituire!* Basta sprecare le nostre vite! Basta dissipare ciò che la natura ci ha regalato! Basta sprechi! Ogni energia deve venire dal sole!

Poi aveva reso il microfono alla ragazza e si era rimesso a sedere. Dopo qualche secondo di sorpresa, il pubblico l'aveva applaudito a lungo. Con convinzione. Più anziani erano e più applaudivano. Molti si erano girati per vederlo meglio, e lui li aveva ringraziati annuendo, di colpo intimidito da quel successo. Poi, chetatisi gli applausi, tutti si erano voltati per sentire cosa avevo da rispondere, e io non avevo risposto, imprigionato dentro l'antico detto di mia nonna Flora che vuole che una parola sia poca e due troppe.

D'improvviso, m'ero sentito stanchissimo; avevo annuito, sorriso, detto che era un modo interessante – anche se forse un po' estremista – di vedere le cose, ringraziato e salutato tutti, e m'ero messo a firmare le copie. Ne aveva in mano una anche lui, l'adoratore del sole. Avrà avuto una trentina d'anni, forse qualcuno di meno, e gli occhi chiari che scintillavano. Si vedeva che era soddisfatto, forse persino contento. Quando era toccato a lui, mi aveva stretto la mano con grande vigore complimentandosi per il libro e per la vittoria nello Strega; poi si era avvicinato e, in un soffio, mi aveva sussurrato nell'orecchio:

– Edoardo, forza! È arrivato il momento di fare la rivoluzione!

Gli avevo fatto una dedica calorosa, c'eravamo stretti la mano, poi lui si era voltato e se n'era andato. A vederlo molleggiare sulle ginocchia verso l'uscita m'ero chiesto se gli sarebbe piaciuto quello che penso io, e se avrebbe ancora voluto fare la rivoluzione insieme a me. Perché quello che penso io è roba antica e scomoda, urticante.

Io la odio, la decrescita economica. Credo che, ben lungi dall'incarnarsi in una sorta di illuminata moderazione dei consumi, la decrescita economica equivalga sempre e solo a un aumento della povertà tra i cittadini e alla conseguente riduzione o cancellazione dei servizi che lo stato offre in cambio delle tasse: piccolezze come la sanità, gli ospedali, la scuola, il trasporto pubblico, la manutenzione delle città e delle strade e la loro illuminazione e via e via e via.

Penso che la decrescita economica porti sempre alla decrescita del pensiero, del sentimento del popolo, del suo morale e spesso anche della sua morale; che sia un'idea perdente, perché consiste nell'alzare bandiera bianca e abbandonarsi all'idea che gran parte delle persone non lavorino più o che non lavoreranno mai, la perfetta scorciatoia per ritrovarsi nel mondo dissipato illustrato da Piranesi; che sia un'idea insopportabilmente elitaria, perché, guarda caso, a invocare la decrescita sono sempre o quasi sempre coloro che hanno, mentre chi non ha, chi è povero, deve e vuole crescere, nella speranza antica e sacrosanta che i suoi figli e le sue figlie possano trovare un buon lavoro e vivere una vita più prospera della sua.

Chi è debole non vuole decrescere, mai. Un disoccupato non vuole decrescere. Un anziano non vuole decrescere, perché conosce bene, meglio di tutti, l'essenza stessa del decrescere, e cioè il dolente calare di ogni cosa sua. Nemmeno i giovani vogliono decrescere. Non ci pensano neanche, loro che sono frutto della crescita. Se c'è una cosa che temono, semmai, è di dover vivere un futuro in cui *sono obbligati* a decrescere. Nessuno stato al mondo, per concludere l'elenco dei soggetti deboli, può permettersi una decrescita economica generalizzata, e la nostra Italia, poi, è già decresciuta abbastanza.

Riguardo alla faccenda dell'energia, poi, avrei dovuto dire al ragazzo coi capelli rasta che abbiamo bisogno di molta più scienza e di molta più tecnologia, altrimenti lasceremo ai nostri figli un mondo in cui la civiltà retrocede di sua spontanea volontà e ci si lava con l'acqua calda solo quando c'è il sole.

Suvvia, è ridicolo – semplicemente ridicolo – che nel 2011 la quasi totalità delle autovetture a benzina in circolazione nel mondo sia mossa da un motore il cui principio di funzionamento è il ciclo Otto, dal nome dell'ingegnere tedesco Nikolaus August Otto che ne depositò il brevetto *nel 1876*; o che la quasi totalità dei furgoni e dei camion e delle barche e dei traghetti e delle navi da crociera sia spinta da motori diesel, il cui brevetto fu depositato a Berlino dall'ingegner Rudolf Diesel *nel 1892*; o che la stragrande maggioranza delle case e dei palazzi sia alimentata ancora oggi dal gas naturale o addirittura dal gasolio – in sostanza *dando fuoco a qualcosa di infiammabile*, proprio come gli uomini delle caverne.

È ridicolo che un aereo di linea d'ultima generazione debba ancora impiegare nove ore per andare da Roma a New York, proprio come i Boeing 707 o i DC-7 a elica degli anni Sessanta; o che in Italia ci siamo ormai abituati al pensiero, e allo stato di fatto, che l'aria delle nostre città ogni tanto *si saturi di polveri cancerogene* per via delle emissioni dei motori dei nostri veicoli o delle caldaie delle nostre case, e invece di indignarci per questo, ci indigniamo perché i sindaci bloccano il traffico.

Avrei dovuto dirgli che io sogno *il progresso*, maledizione, questa parola desueta e potentissima – e col progresso il gran rimescolar delle carte della vita, la cancellazione dei privilegi immeritati ottenuta non mediante l'oscena piallatura ed equalizzazione dei destini, ma attraverso lo scatenarsi libero e vitale delle capacità di chi merita e non ha, ed è tenuto dalla vita ingiusta a ringhiare alla catena.

Sogno che la scienza e la tecnologia tornino a essere il carburante d'uno sviluppo liberissimo e necessario e tumultuoso dell'economia, che sia però guidato da una visione, da un'idea alta e coraggiosa di politica, perché abbiamo visto dove siamo finiti a lasciar fare al mercato. Una politica dei capaci che riesca a riprendersi il controllo dell'economia mondiale, vorrei. Una politica libera, che conosca i suoi poteri e i suoi limiti.

Una politica coraggiosa, che sappia convincere e, se necessario, costringere – sì, avete letto bene, *costringere* – con le leggi il mercato a imboccare la strada migliore, quella più giusta e utile e salutare per la collettività. Per esempio decidendo che nessuna auto spinta da un ciclo propulsivo brevettato nel diciannovesimo secolo possa più circolare in Europa nel ventunesimo secolo. Di colpo, *da subito*, diventerebbe antieconomico per i produttori di automobili continuare a investire denaro ed energie per sviluppare altre auto simili a quelle che vediamo in strada oggi, e conveniente avviare a crearne di nuove, obbligatoriamente progettate per sfruttare tecnologie che non risalgano a oltre centotrenta anni fa.

Il mercato è una brutta bestia solo per chi non lo conosce. In realtà, agisce in base a regole elementari e prevedibili. Il mercato non ha coraggio e teme ogni stormir di foglie, poiché non ha altra strategia, funzione o ragion d'essere che non sia quella di conseguire un utile, e gli operatori di mercato – si tratti di imprenditori che si affannano nell'economia reale o di investitori che pattugliano le Borse – mirano e mireranno sempre e solo a operare nell'ambiente e nello status quo legislativo che consente loro di guadagnare di più, e a fare di tutto perché quell'ambiente e quello status quo legislativo permangano immutati per il tempo più lungo possibile.

Ma il mercato, per quanto potenti siano la sua forza e la sua influenza, deve rispettare le leggi. Sta ai governi e ai parlamenti promulgare leggi che dirigano il mercato verso ciò che è più utile alla società, e non – come accade ormai da troppo tempo in Italia e in tutta Europa – dirigere la società verso ciò che è più utile al mercato.

Avrei dovuto dirgli tutto ciò che penso, al ragazzo coi capelli rasta. Proprio tutto. Ricordargli quel che diceva mio zio Gino del cibo che veniva messo in tavola: per bastare, deve avanzare. Dirgli che bisogna stare attenti a parlar male dello spreco, perché lo spreco è il linguaggio e l'uso della giovinezza, il figlio primogenito dell'impegno, la conseguenza necessaria dello spendersi senza sosta e senza costrutto alla ricerca d'un risultato futuro che potrebbe anche non venire mai, ma che di certo non verrà se non lo si insegue follemente e disperatamente.

Avrei potuto dirgli che lo spreco è vita, pura vita, poiché è dallo spreco di ogni volontà e di ogni energia che alla fine nasce il progresso, non certo dal lesinare. Che è dallo spreco totale della vita di ogni artista che nascono i capolavori. Che lo spreco è ben diverso dalla dissipazione. Avrei dovuto prendere dagli scaffali della libreria un dizionario, aprirlo davanti a lui e leggergli che la dissipazione è *dispersione, dissoluzione, sperpero*, e in linguaggio tecnico indica la *trasformazione di una forma di energia in un'altra non recuperabile e non utilizzabile,* mentre lo spreco è un *uso eccessivo o ingiustificato*. Spiegargli che ciò che è dissipato, è perduto per sempre, ma l'uso eccessivo e ingiustificato di qualcosa, anche di noi stessi, potrebbe non essere sempre una perdita completa. Dipende da cosa impari mentre sprechi. L'allunaggio di Neil Armstrong è stato il più grande spreco d'energie e denaro della storia del mondo o, come credo, la più grande conquista dell'umanità?

Avrei dovuto confidargli, al ragazzo con quel cesto di capelli rasta che in un altro tempo mi sarebbe garbato tanto avere, che tutti i momenti più belli della mia vita sono nati proprio dall'insistere a voler fare uso eccessivo e ingiustificato di me. Come diceva Goethe, e Malcolm Lowry adottò per esergo di *Sotto il vulcano*: *Colui che sempre si sforza e cerca, noi lo possiamo salvare*. Ecco un altro tatuaggio perfetto per il mio torace sempre più ampio.

Questo gli avrei voluto dire. E glielo dico ora.

Ora

Ora ci troviamo a vorticare nel maelström di una crisi sistemica, vittime e prigionieri della rigidissima disciplina di bilancio europea che pure abbiamo scelto e votato, terrorizzati dagli abbaioni dei mercati, schiacciati dalla soma del nostro debito gargantuano, dall'evasione fiscale, e ora persino dall'*austerità* fiscale che l'Europa si ostina a imporre a un paese in ginocchio, la cui economia reale è già stata data in pasto anni fa al kraken della globalizzazione.

Credetemi, è impossibile riuscire a percepire la profondità della crisi abbeverandosi ai dati statistici aggregati che vengono sparati ogni giorno dal caravanserraglio dei mezzi d'informazione, rifacendosi allo sterile balletto di percentuali dell'esattezza delle quali a nessuno verrà chiesto di rendere conto. Impossibile raccontare coi numeri lo scoramento del presente, lo stagnare delle iniziative, lo sconcerto per il futuro, il languore avvelenato e intossicante del ricordo d'un passato perduto, la depressione silenziosa che sembra essersi impossessata del paese.

È molto peggio di come sembra. A fari spenti nella notte, come cantava Lucio Battisti, sfrecciamo veloci come schegge verso un futuro sconosciuto, e ci troviamo a esser governati da donne e uomini onesti e rigorosi, certo, ma mai eletti e imbevuti della stessa ideologia economica che questa crisi ha prima allevato e poi sguinzagliato per il mondo, politicamente irresponsabili poiché mai sottoposti direttamente al giudizio del popolo, al rispetto della volontà del quale sono legati solo dal vincolo della loro coscienza.

Bisogna sforzarci di pensare che tutti i tagli che abbiamo subito e tutte le tasse che ci sono state inferte serviranno davvero a evitare il disastro, e che un'Europa finalmente rinsaldata si schiererà al nostro fianco quando sarà il momento di prendere le decisioni più difficili e dolorose, quelle che costeranno davvero.

L'alternativa è inimmaginabile. Vede l'avanzare lento e inarrestabile di una crisi epocale che schianta l'Europa, la sua fragile architettura politica nata dal sogno, la sua goffa moneta unica, la sua potentissima e imbelle Banca Centrale creata per tenere sotto controllo un'inflazione fantasmatica, e lascia al suo posto un deserto del pensiero la cui immagine perfetta mi pare che sia *La persistenza del-*

la memoria, il minuscolo, celeberrimo quadro di Dalí che mostra tre orologi che si sciolgono e colano in una landa disabitata, vuota se non per un ulivo secco e un lontano promontorio.

Incredibilmente, non è mai stato concepito un piano B.

Per negligenza, per arroganza intellettuale o per incapacità, nessuno dei nostri governanti si è mai spinto a prevedere ciò che potrebbe succedere alle banche, ai titoli di stato, alle pensioni, ai mutui, ai posti di lavoro, alle aziende, *alle persone*, se l'Italia dovesse fallire, e con essa l'euro e l'Europa. Molto semplicemente, non sappiamo cosa accadrebbe alle fondamenta economiche del nostro vivere civile, e al vivere civile stesso.

Dobbiamo abituarci all'idea d'essere soli, privi del conforto delle lezioni del passato perché il passato non ha più lezioni per noi, se non quelle che ci hanno regalato i grandi artisti, gli unici da sempre a poter vedere il futuro. Siamo condannati a vivere una vita senza ieri, proiettati a grande velocità verso il domani – ma forse potrebbe non essere così male.

Dobbiamo convincerci che il nostro futuro può ancora essere immenso. Perché un giorno la crisi finirà, e la *safety car* della storia economica che in questi anni le nazioni europee hanno dovuto seguire a velocità ridotta rientrerà ai box, e ogni stato avrà la strada libera e potrà spingere al massimo. Quanto motore avrà l'Italia? Quanta benzina? Quanto coraggio troveremo dentro il cuore del pilota?

Di certo non potremo ripartire che dal lavoro, e da una crescita che a quel punto diventerà la prima – forse l'unica – priorità del paese. Allora sarà bene scalciare nel dimenticatoio l'idea risibile, figlia del liberismo più ingenuo, che la nostra economia possa sostenersi coi soli servizi, e affermare invece che la crescita non può esser trainata che dall'industria e dall'artigianato.

Ma quale industria, quale artigianato?

Da tempo, la maggioranza delle grandi aziende industriali italiane riesce a creare occupazione stabile solo all'estero, con la delocalizzazione degli impianti, e non certo in Italia. Sono aziende spesso vecchie, che sembrano fare sempre più fatica a continuare a sentirsi e a essere italiane, impegnate da anni a far calare progressivamente e silenziosamente il numero dei loro dipendenti nel nostro paese. I loro prodotti soffrono la concorrenza cinese, con la quale si trovano spesso in diretta, disperata competizione. Sarebbero fallite da tempo, molte delle più grandi e illustri aziende industriali italiane, se non avessero ricevuto tutti gli aiuti che lo stato ha graziosamente voluto conceder loro negli anni e se non avessero avuto le dimensioni e le strutture e il credito bancario per delocalizzare buona parte delle loro produzioni – strumenti indisponibili a una piccola impresa, che invece deve lottare da sola e a casa propria contro la stessa soverchiante concorrenza cinese, appesantita da tutti gli altissimi costi che l'Italia fa pagare alle sue aziende come se, invece di difenderle, intendesse punirle.

Possiamo allora contare sull'arrivo in Italia delle multinazionali, a portare crescita e occupazione?

Ormai da anni dobbiamo sentire le continue, patetiche, inascoltate implorazioni dei nostri politici alle multinazionali affinché discendano le Alpi e impiantino grandi fabbriche transitorie e fiscalmente agevolatissime. Non si fidano di loro e delle loro promesse, gli stranieri, e fanno bene. Si vede che li conoscono quanto li conosciamo noi, che dobbiamo sopportare di guardarli mentre si stracciano le vesti in televisione e danno la colpa del mancato avvento dei giganti globali alla farraginosità d'un sistema che pure hanno creato e amministrano da sempre, e che da sempre li accoglie nel suo caldo, comodo grembo: eleganti e azzimati, si arrabbiano come i cani e polemizzano tra loro dandosi sulla voce in una cacofonia incomprensibile che spinge solo a cambiare canale.

Come se non sapessero che, nella stragrande maggioranza dei casi, le multinazionali offriranno ai nostri giovani solo posti di lavoro a tempo determinatissimo, che poi cancelleranno senza preavviso e senza possibilità di trattativa al primo stormir di fronde sui mercati globali. Come se credessero impossibile la nascita di nuove aziende dalle menti e dai cuori delle italiane e degli italiani più giovani, o degli italiani d'adozione.

Non abbiamo bisogno di aziende più grandi, in Italia e in tutta l'Europa del sud, ma *di più aziende nuove*. Non abbiamo bisogno solo di nuovi politici che sostituiscano la gran falange di sprovveduti e improvvisati, di avvocati e commercialisti e professori e funzionari di partito e agopuntori e sindacalisti smessi e banchieri smessi che ci governa da sempre, ma anche di nuovi imprenditori che – invece di sostituire quelli che già ci sono, compito affidato a un naturale ricambio imprenditoriale che, certo, potrebbe andare più spedito – *si aggiungano* a loro.

E questi nuovi imprenditori bisognerà andare a cercarli col lanternino, *ovunque*, tra quelle ragazze e quei ragazzi meritevoli che nemmeno i tagli alle nostre povere, cazzottate scuole e università sono riusciti a fiaccare: anche e forse soprattutto nelle case popolari, tra le figlie e i figli dei disoccupati, dei cassintegrati, degli immigrati.

Perché non basterà riportare a casa tutti quei brillanti ricercatori che negli anni sono stati cacciati a pedate da un sistema vergognoso, o rifondare completamente il sistema della formazione, o aiutare i neolaureati a non smarrirsi nella selva dei contratti a termine dai quali non s'impara e non si guadagna nulla. Dobbiamo rinfrancare chi oggi si sente dimenticato, scoraggiato, messo da parte in un'Italia intrisa di nostalgia e pessimismo, ma le idee le avrebbe.

Penso *a tutti*, anche alle ragazze e ai ragazzi di Michele Del Campo, a chi è nato svantaggiato e a scuola c'è andato poco e male e ha dovuto ascoltare e vivere nella negatività per anni, alla fine convincendosi dell'assoluta impossibilità di diventare un piccolo imprenditore, ma le idee le avrebbe. Ne ho conosciute parecchie, di persone così. Ne conosco parecchie. La mia città, Prato, è stata costruita da gente così, nata povera e poi riuscita col lavoro e col merito a trovare il benessere. Penso anche agli immigrati venuti da noi per sottrarsi a un destino di povertà, gente spesso motivatissima e animata da quella furibonda, sacrosanta voglia di emergere grazie al lavoro che in Italia, oggi, tanti sembrano aver scordato o smarrito.

Bisogna andare a cercare le migliori e i migliori di quella generazione dimenticata, alla quale ormai tanti anni fa era stato promesso – ricordate? – un nuovo miracolo italiano, e affidare loro l'incarico di far nascere una nuova imprenditoria piccolissima e di massa, perché solo loro potranno creare posti di lavoro veri e duraturi.

Abbiamo bisogno di nuove idee, di nuove aziende che usino la globalizzazione invece di subirla, che ricordino la cruda lezione del declino del manifatturiero e siano capaci di superarla e sublimarla. Aziende che producano solo ed esclusivamente, e programmaticamente, prodotti impossibili da fabbricare a prezzo ridicolmente più basso in Cina o in India o in Vietnam. Aziende diversissime tra loro, certo. Aziende senza neanche una macchina, che producano e vendano idee ed esistano solo su Internet. Oppure, ancora, aziende artigianali però nuovissime, che sappiano mettere in comunione l'artigianato delle mani con l'artigianato del pensiero, per creare un qualcosa di completamente nuovo: un artigianato delle idee materializzate che metta al suo centro la Rete e la sua mostruosa potenza e velocità, e miri a uno sconfinato mercato globale sempre affamato di nuovi prodotti che nascano da nuove intuizioni, la cui avanguardia sono i milioni e milioni di turisti che anche ora, in questo momento, si trovano in Italia, entusiasti di poter vivere qualche giorno nella gloria di una nazione letteralmente fatta d'arte e di bellezza.

Migliaia e migliaia di aziende piccole e furbe e agili che sappiano vendere prima di tutto *cultura*, e riescano a ispirarsi all'individualismo contagioso e italianissimo che ha sempre regalato vita e anima all'artigianato, e che può consentire ancora oggi di creare prodotti di gran qualità – materiali o immateriali ma tutti nuovi, figli di idee guizzanti che riescano a far tesoro del lascito che ci giunge dal Rinascimento ed è l'unico punto di forza che ci viene universalmente riconosciuto, fors'anche l'unico che abbiamo davvero: quel patrimonio di eccellenza e gusto e sapienza e creatività ed eleganza e saper vivere che s'incarna *nel bello*, e che gli americani, gli inglesi, i giapponesi, i tedeschi e ora anche i cinesi ci invidiano e che, se fatto diventare prodotto, riusciremo sempre a vendergli. *Sempre.*

Aziende future, tutte da inventare, libere di non doversi limitare a innovare l'esistente, ma protese a creare *il nuovo*. Aziende che vendano prodotti che oggi non esistono, e dei quali io magari non riuscirò a capire né il funzionamento né l'utilità, ma i miei figli sì.

Non sembri vago o fumoso questo tentativo di descrivere le nuove imprese che vorrei veder nascere e i prodotti che darebbero loro il successo: per un'elementare igiene di ragionamento non mi permetto di indicare cosa potrebbero inventarsi, perché *le mie idee sono già fatalmente obsolete.*

Dalle libere idee dei nostri giovani dovrebbero e potrebbero nascere prodotti *totalmente nuovi*, così nuovi da rendere difficile la loro comprensione immediata a noi che abbiamo più di quarant'anni. Addirittura potrebbe essere proprio questo uno dei requisiti per capire se un prodotto è davvero innovativo, e se avrà la possibilità di aver successo in futuro: se lo capisce la mia generazione, allora è un prodotto vecchio, e probabilmente esiste già.

Sono storie raccontate mille volte, certo, ma pensate a quando Larry Page e Sergey Brin, i due ragazzi che fondarono Google, si rivolsero al loro primo investitore chiedendogli di pompare denaro in un'azienda nascente il cui unico prodotto era *un motore di ricerca consultabile gratuitamente*.

Pensate a Facebook, geniale lavagna globale anch'essa gratuita su cui siamo orgogliosi e felici di scrivere, confidando a persone che conosciamo appena, o anche a perfetti sconosciuti, i nostri gusti, le nostre passioni e le nostre pene, così fornendo ogni giorno il prezioso contenuto che consente a Mark Zuckerberg, nato nel 1984, di guadagnare decine e decine di milioni di dollari *all'anno*.

Del resto, in tutto il mondo, da sempre, le nuove aziende nascono dalle idee dei ventenni, e sono le più capaci di creare occupazione. Negli Stati Uniti d'America, tra il 1980 e il 2005, praticamente tutti i nuovi posti di lavoro furono creati da società che avevano meno di cinque anni. Pensate: durante venticinque anni di straordinaria, tumultuosa, forse irripetibile crescita economica nel paese più ricco e potente del mondo, colossi industriali come Bethlehem Steel, Du Pont, Goodyear, Procter & Gamble, General Motors, General Electric non crearono nel loro paese nemmeno un nuovo posto di lavoro. In venticinque anni, nemmeno uno. Furono le nuove aziende, a crearli. IBM, Apple, Intel, Microsoft e tutte le loro sorelle e figlie. *Quaranta milioni* di posti di lavoro, crearono.

Vi ricordate

Vi ricordate com'eravate, quando eravate giovani?
Davvero?

Immaginate

Immaginate il terremoto concettuale di uno stato europeo che vara un nuovo Piano Marshall delle idee.

Immaginate un paese così orgoglioso di sé da avere il coraggio di prendere un sentiero non segnato, di gettar via i libri di testo esistenti per scriverne altri completamente nuovi.

Immaginate una ricetta *originale* per uscire dalla crisi, che non possa valere per tutte le nazioni, ma abbia la possibilità di funzionare in un paese come l'Italia, dove l'imprenditorialità diffusa è un valore fondante da secoli.

Immaginate l'arte infusa nell'artigianato infuso nella Rete.

Immaginate l'Italia che si apre totalmente al mondo.

Perché, certo, la chiamata ai giovani imprenditori dev'essere *universale*. Si tratterebbe molto semplicemente di invitare *chiunque*, da ogni parte del pianeta, a proporre idee imprenditoriali capaci di creare nuove aziende che possano far nascere il maggior numero possibile di posti di lavoro in Italia.

Dovranno essere posti di lavoro veri, a tempo indeterminato, gli unici capaci di creare le competenze e le capacità con le quali gareggeremo con le feroci multinazionali che, santificate dai loro corifei prezzolati, dominano questo mondo nuovo spostando nell'Oriente Estremo i posti di lavoro dei nostri operai, e guadagnano miliardi stendendo un wafer di benessere su un oceano di povertà.

Non dovremo pensare nemmeno per un attimo a quanto debba esser facile licenziare, per queste nuove aziende, perché il loro problema sarà quello di assumere. Invece di trovare modi sempre più ingegnosi per intaccare le bustapaga delle moltitudini, dovremo dedicare ogni momento a pensare come sfruttarne l'intelligenza, l'agilità, la genialità sepolte sotto decenni di incuria, di apatia e di tempo perso davanti alla televisione. Dovremo imbavagliare i ragionieri e i cacadubbi, e rendere lo scettro ai coraggiosi, agli innovatori, ai sognatori. Forse anche ai poeti.

L'idea è questa: lo stato italiano finanzierà le proposte più intelligenti e le più meritevoli, raccogliendo il denaro in modo equo – io proporrei di prendere l'1% dalla montagna di denaro bigio recentemente tornata dalla Svizzera approfittando dello scudo fiscale, *una tantum*: sarebbe come staccare un pelo a un cinghiale – e stanziandolo in un fondo da cui attingere per dotare le nuove imprese del capitale indispensabile per nascere.

Sarebbe 1.000.000.000 di euro, e andrebbe difeso con le mazze ferrate e coi lanciafiamme, nascosto dalle mire di tutte le cricche e di tutti quei maledetti ladri che per anni hanno profittato d'uno stato cieco e sordo e negligente. Non un regalo, non un'elemosina: quando le nuove imprese create dalle nostre ragazze e dai nostri ragazzi si saranno irrobustite dovranno rendere allo stato il denaro che le ha aiutate a nascere.

Sarà il montepremi di una scommessa coraggiosa e profondamente *morale* – una scommessa, sì, perché, com'è ovvio, creare imprese non dà certezza alcuna né di successo né di ritorno, e molte, forse moltissime di queste scommesse saranno perse com'è naturale che accada ogni volta che si finanzia il nuovo. Ma almeno ci saremo scrollati di dosso il pesante pastrano del pessimismo e della depressione e dell'inazione, avremo scacciato la maledizione che vuole che l'Italia non sia più un paese dove intraprendere, e potremo godere lo spettacolo magnifico e magmatico di migliaia e migliaia di ragazze e ragazzi alle prese con il tentativo di stringere in mano le loro vite e creare lavoro e benessere e occupazione per sé e per la propria gente, invece di vederli smarriti in un mondo enorme, vuoto e inconoscibile in cui – come comprensibilmente finiscono per pensare oggi, mozzandosi così il futuro – di loro non c'è poi gran bisogno.

Può essere solo lo stato, istituendo la più sacrosanta delle tasse, a finanziare queste nuove aziende con un inedito *venture capital*. Oggi nessuna banca e nessun fondo d'investimento finanzierebbe nuove imprese nate dalla strada – del resto oggi nessuna banca finanzia più nessuna piccola impresa –, e le famiglie sono troppo impaurite dal futuro per spingersi a sostenere economicamente le idee dei propri figli e delle proprie figlie.

Sia chiaro, non vengo da Marte. Lo so benissimo che in Italia l'industria finanziata dallo stato ha sempre, o quasi sempre, prodotto perdite e sprechi. Non sono nemmeno un teorizzatore dell'intervento dello stato nell'economia – tutt'altro. Però credo che si possa far meglio di quanto si sia fatto finora. Anzi, sarà difficile, forse impossibile, fare peggio. Credo che l'avvento brutale di questa globalizzazione selvaggia abbia cambiato per sempre, e a nostro danno, le regole dell'economia mondiale, e non vedo altra strada che affidarsi al coraggio della necessità, l'ultimo, quello di chi non ha altra scelta.

Perché, davvero, non abbiamo altra scelta.

Oggi, lasciar fare al mercato vuol dire continuare inermi ad assistere a un declino inarrestabile, deciso oltralpe e oltreoceano e da noi subìto; vuol dire spegnerci lentamente, contenti di poter spendere poco a consumare oggetti che non ci servono e che abbiamo già, mentre le nostre aziende chiudono e veniamo licenziati, e i nostri figli prendono posto sul divano, accanto a noi, a guardare la televisione.

Funzionerebbe, ne sono sicuro.

E funzionerà, perché prima o poi anche chi ci governa s'accorgerà che non esiste alternativa al declino che non sia la nascita di nuove aziende.

Funzionerà se saremo capaci di investire in un'idea grande, di comportarci come quei padri e quelle madri che capiscono che l'unico modo per aiutare davvero i loro figli e le loro figlie è dargli fiducia prima che la meritino, nella speranza fervida che un giorno la meritino, nella certezza che la meriteranno.

Funzionerà se sapremo ricordare agli italiani, alle banche, all'Europa che un debito non è il marchio d'infamia che par essere diventato oggi, ma un patto antichissimo tra chi ha i soldi e chi sa lavorare, il necessario compagno di viaggio di ogni impresa e d'ogni persona, il combustibile indispensabile a ogni espansione economica.

Funzionerà se sapremo spiegare che la vita stessa non è che un processo d'indebitamento, poiché si cresce indebitandosi di sapere, d'esperienze, d'amore, di soldi con i genitori, per poi restituire il nostro debito facendo credito delle stesse preziosissime cose ai nostri figli.

La mia generazione dovrà fare più di tutte le altre. Del resto, abbiamo gran parte delle colpe. Le sconteremo mettendoci al servizio dei nostri figli e delle nostre figlie. Gli faremo il pieno alla macchina e gli puliremo il parabrezza e gli allacceremo le cinture di sicurezza, e poi gli daremo una carezza e gli consegneremo il portafogli e gli diremo che possono andare dove vogliono. Gli diremo di non avere nessuna paura e di partire per il futuro. Senza di noi, come sarebbe giusto. O anche con noi, se vorranno portarci. Ma dovranno esser loro a decidere. Liberi.

Ci vorranno fede e incoscienza, ragione e sostegno ferreo. Ci vorrà un affratellamento, una vera unità nazionale di intenti che costringerà tutti a cedere qualcosa in nome del bene comune. Ci vorrà un patto tra le generazioni e ci vorranno anni, ma *funzionerà*, ne sono sicuro.

Deve funzionare. Perché se non funzionasse l'affidarci alla gioventù, allora vorrebbe dire che saremmo finiti davvero, e che ce lo saremmo meritato.

Se vi par d'aver appena letto qualche pagina del libro dei sogni, se tutto questo vi sembra ingenuo e utopico, se un sorriso cinico vi si è allargato sul volto e avete avviato a scuotere la testa, o siete già rassegnati al declino del nostro paese, oppure da questo declino vi sentite per qualche ragione protetti.

E sbagliate.

Perché i vostri posti di lavoro non dureranno per sempre, e le vostre rendite si estingueranno. Persino le vostre pensioni sono a rischio. Considerate che gran parte dei giovani italiani non ha nessuna di queste tre cose, e nemmeno una speranza ragionevole di conseguirle in futuro.

Datemi retta, i vostri soldi non vi basteranno e i vostri privilegi svaniranno da un giorno all'altro, come è già successo a tanti.

Come è successo a me.

Epilogo

Noi non vi lasceremo mai

Sono appena passato a velocità irriferibile sotto un ponte dell'autostrada dal quale pendono infide le telecamere del *Tutor*, ma Ettore, mio figlio quindicenne, mi incita ad accelerare ancora.

– Vai, babbo, vai!

Ha ragione, stiamo facendo tardi. Ci hanno rallentati i lavori eterni, i guidatori al telefono in corsia di sorpasso, il capriccioso sdegnare le corsie più interne da parte di tutti gli automobilisti e persino di molti camion, come se percorrerle fosse un segno scarlatto del disonore. L'unica possibilità di arrivare in tempo a San Siro è correre ora finché si può e sperare che la Tangenziale Ovest sia sgombra.

Meglio dire subito che sto indossando una vecchia maglia del Milan, con la stella e lo stemma della squadra sulla sinistra, la piccola scritta della Lotto come sponsor tecnico sulla destra, e sul petto il logo vagamente fascista della Opel che sovrasta il nome della più tiepida e tedesca delle marche d'automobili. Sulla mia schiena campeggia un grande numero 8 e il nome DESAILLY. Un paio di jeans giapponesi e le Doc Martens completano il quadro. Non sembro uno scrittore. Non sembro neanche un padre.

Ettore è vestito molto più discretamente: il suo qualificarsi milanista si limita al tenere al collo una vecchia sciarpa rossonera che comprai per lui chissà dove, chissà quando, sfilacciata dall'esser stata tenuta per anni e chilometri a sventolare fuori dal finestrino durante i nostri viaggi da e verso San Siro.

Non abbiamo cantato molto, durante il viaggio. Le altre volte cantavamo di più. Qualche anno fa andavamo pazzi per quella specie di inno a Kakà che ci garbava molto e che usavo per svegliarlo, la mattina del giorno in cui saremmo andati alla partita, inginocchiandomi accanto al suo letto di bambino e sussurrandoglielo nell'orecchio, e lui si svegliava subito e cominciava a cantare con me, e Angelica nel lettino accanto che avviava anche lei, senza nemmeno aprire gli occhi:

Siam venuti fin qua,
Siam venuti fin qua,
Per vedere segnare Kakà.

Oggi Kakà è un giocatore del Real Madrid, ma stasera non sarà in campo. È infortunato, intristito. Ci sono stati dei problemi. Come tutti gli altri milanisti che sono andati via da Milano, avrebbe fatto meglio a restarci, Ricardo Izecson dos Santos Leite. Noi gli si voleva bene, e gliene vogliamo ancora.

Superiamo di slancio la barriera di Melegnano solo per infilarci in una coda spaventosa sulla Tangenziale Ovest. Ettore si dispera. Cominciamo a fare calcoli. Ben che vada ci perdiamo gran parte del prepartita, ed è un vero peccato.

A lui piace entrare allo stadio molto in anticipo e sentirsene padrone prima che arrivino decine di migliaia di persone a riempirlo, guardare i tifosi che attaccano gli striscioni, leggerli a uno a uno e stupirsi della lontananza delle città da cui provengono, immaginarsi i viaggi lunghissimi fatti da quella gente per essere lì ora, girare liberamente per le tribune, apprezzare lo scroscio di luce bianca che fa sembrare il campo di San Siro il palcoscenico del teatro più grande del mondo, e sentire i rumori isolati farsi prima brusio, poi ringhio sommesso e infine urlo all'apparire alla spicciolata dei giocatori per il riscaldamento. Piacciono molto anche a me, tutte queste cose.

Ettore era ancora un bambino quando volle che lo portassi a vedere la sua prima partita di Champions League. Cominciò a insistere per entrare allo stadio già alla fine del pranzo. Eravamo partiti da Prato in mattinata, con calma, perché volevo fargli vedere almeno qualche scorcio di Milano, e invece riuscii a convincerlo solo a fare una breve passeggiata in centro.

Arrivati in piazza Duomo vedemmo un'orda di tifosi spagnoli che cantavano circondati dalla polizia. Si sentiva forte quel brivido e quell'agitazione che pervade le città prima delle grandi partite, e lui tanto disse e tanto fece che salimmo su un taxi e ci facemmo accompagnare allo stadio da un tassista incredulo che ci disse di non aver mai portato nessuno così presto a San Siro. A queste parole Ettore annuì sorridendo e mi fece vedere il pollice ritto. Entrammo nello stadio tra i primi, lui non aveva ancora dodici anni. La partita era Milan-Barcellona, e Ronaldinho giocava per loro. S'era venuti anche per vedere lui.

Perdemmo.

Qualche anno dopo venimmo a San Siro a vedere un'altra partita di Champions, Milan-Arsenal. Anche quella volta perdemmo. Due a zero. Mentre Adebayor e gli altri giocatori dell'Arsenal festeggiavano in mezzo al campo e i nostri uscivano a testa bassa salutando timidamente la curva, Ettore andò prima alla balaustra ad applaudire i campioni dell'Arsenal e subito dopo cominciò a cantare insieme ai tifosi del Milan, le lacrime agli occhi:

*Noi non vi lasceremo mai,
noi non vi lasceremo mai.*

Non voleva più andare allo stadio. Cominciò a dire che eravamo noi a portare sfortuna al Milan. Gli dissi che noi siamo persone razionali, e alla sfortuna non ci si crede. È da scemi, credere alla sfortuna. Non esiste. Ettore si illuminò.
– E allora si torna, babbo! E stavolta si vince!
La fila, ogni fila, ha smesso di muoversi. Siamo fermi, inchiodati, bloccati sull'aliena Tangenziale Ovest di Milano. Il grigiore del tardo pomeriggio si è addensato fino a diventar nero. Faremo tardi.
– Chiama subito Ugo, babbo, – mi consiglia.
Giusto. Chiamo Ugo Marchetti, l'amico col quale ci si può accapigliare per ore su un aggettivo, che mi ordina di fare svelto a uscire *subito* dalla tangenziale e dirigermi verso il centro, lui mi aspetterà in piazzale Damiano Chiesa.
Svolto all'improvviso tagliando la strada a un furgone bianco d'un ortolano sul quale campeggia la formidabile scritta tutta svolazzi SIAMO ALLA FRUTTA, ed ecco che siamo già in città, e si avvia a divincolarci dal traffico. Di colpo sparisce il terrore di non riuscire a vedere la partita, perché finalmente *si va*, si va veloci per questi viali e non importa se certe luci bianchissime e inspiegabili si accendono dietro di noi a ogni incrocio – Dio non

voglia che siano macchine fotografiche che ci immortalano a velocità più adatte a rapinatori di banche – perché ora non c'è tempo di preoccuparcene, ed ecco che siamo già arrivati in piazzale Chiesa e c'è Ugo ad aspettarci, con un trench clamoroso che sostiene risalga agli anni Cinquanta. Ci spiega che lo stadio non è lontano e che è facile arrivarci ma, mentre la spiegazione si dilunga e il mio sguardo si fa vitreo e implorante, aggiunge che forse è meglio se ci guida lui, e ci si incammina di gran lena per viali lunghissimi, ragionando di letteratura e di calcio, con Ettore a marciare davanti a tutti.

Arrivati in piazzale Lotto, Ugo ci saluta e lo abbracciamo, io e il mio figliolo impaziente; poi ci si infila a forza in una di quelle navette zeppe che percorrono lentissime il lungo viale che dal piazzale va allo stadio, costeggiando l'ippodromo. Stretti tra altri milanisti ci diciamo che ormai manca poco, ma quando ci fanno scendere ci accorgiamo che il nostro ingresso è dall'altra parte dello stadio.

Ettore urla che mancano dieci minuti e si mette a correre, e io cerco di dargli dietro, ma rimango subito distanziato, perché son passati da tempo i giorni in cui correvo con un certo successo i cento metri ai campionati toscani d'atletica. Senza fiato, continuo a inseguirlo tutto intorno a San Siro, evitando miracolosamente di scontrarmi con gli altri disperati che corrono in direzione opposta in un bestemmiante *tourbillon* rossonero, finché non si arriva davanti al nostro ingresso. C'è la fila, e mentre io ansimo e fischio come un mantice, Ettore – benedetta gioventù – non ha nemmeno il fiatone. Uno steward ci chiede incredibilmente *se siamo fumatori*, e quando si risponde all'unisono di no ci indirizza verso un tornello libero e si passa attraverso una specie di vergine di Norimberga, e finalmente siamo dentro lo stadio e davanti all'ultimo ostacolo, quello più duro e temuto, l'essenza del problema che ci ha attanagliato per tutto il viaggio poiché l'abbiamo scoperto mentre sfrecciavamo davanti al casello di Rioveggio, *la bega*, e cioè il fatto che Ettore non ha portato nessun documento d'identità: niente patentino, niente tessera sanitaria, niente carta d'identità, niente passaporto. Nulla.

Nel suo portafogli semivuoto tiene una banconota da dieci euro e la tessera della Federazione Pugilistica Italiana – perché è un giovanissimo boxeur, il mio figliolo, un *cadetto*.

Volle diventarlo per forza, a quattordici anni, contro il parere mio e di sua madre, che credevamo la boxe un ambiente e uno sport non adatto a lui, e invece dovemmo ben presto ricrederci quando cominciammo ad andare a prenderlo alle nove di sera, fradicio di sudore e stanchissimo e felice, irrobustito nel corpo e nell'autodisciplina, in una palestra in cui si allenava anche un campione italiano dei professionisti e tutti si salutavano, educati come lord.

Vengono controllate le famigerate tessere del tifoso, che pure abbiamo fatto, ma per via di un ritardo della banca non ci sono ancora arrivate. Una piccola fila di impazienti si accalca intorno a due steward che avvicinano le tessere a una specie di macchina che ogni tanto emette un *beep*.

Forse non posso entrare neanch'io.

Ettore si ferma e mi guarda. Lo afferro per un braccio e affronto la fila e in un attimo siamo davanti agli steward. Io mostro deciso il biglietto e la carta d'identità e vengo fatto passare subito. Ettore porge il suo biglietto e la tessera della Pugilistica Pratese e lo steward, un ragazzo di colore, si mette a guardare la tessera, poi Ettore, poi di nuovo la tessera.

Il ragazzo, che di certo fa lo steward alle partite del Milan per arrotondare lo stipendio di chissà quale precarissimo lavoro gli sia riuscito di trovare – se poi ne ha un altro – deve decidere in un attimo, pressato da me e da altri quindici milanisti sudati e sbuffanti in coda davanti a lui, cinque minuti prima dell'inizio della partita più importante della stagione, se la tessera della Pugilistica Pratese consegnataci dal maestro Fausto Talia perché Ettore potesse dopo un anno combattere tre riprese di tre minuti l'una con un caschetto in testa e i guantoni gettandosi contro avversari invariabilmente più alti e più grandi di lui, spinto da un coraggio che non ho mai avuto nemmeno nei sogni, mentre io assistevo da bordo ring col cuore in extrasistole e il fiato mozzo, è o non è una regolare tessera del tifoso del Milan o, comunque, un qualsiasi documento d'identità valido.

Passano secondi lunghissimi, poi il ragazzo di colore alza lo sguardo, sorride a Ettore, gli rende la tessera, annuisce e ci lascia entrare allo stadio.

Via! Ora si deve correre ancora su per due rampe di scale, e finalmente si arriva a vedere il campo illuminato a giorno e si sente l'energia immensa della presenza di decine di migliaia di persone, e il cuore, come ogni volta, mi sale in gola. Perché davvero non c'è verso di abituarsi a una vista e a un'emozione come queste. Lo stadio è pienissimo! I tifosi cantano! I giocatori del Real Madrid si stanno scaldando, mentre i nostri sono già tornati negli spogliatoi! Vediamo Sergio Ramos, Cristiano Ronaldo che scherza con Higuain, De Maria!

Ci inerpichiamo su per le tribune e sediamo ai nostri posti, contenti d'avercela fatta. Ci diamo dei gran colpi sulle spalle, ci si abbraccia. Il campo si svuota, e per qualche minuto è un'incredibile quiete a stendersi sullo stadio, mentre tutti, giocatori e pubblico, ci stiamo preparando all'inizio della partita.

Assistere a una partita seduti davanti alla televisione, costretti a vedere solo ciò che al regista sembra interessante, significa vivere un'esperienza incomparabilmente *minore* del vederla dalla tribuna di uno stadio, dove tutte le altre componenti dello spettacolo meraviglioso che può essere una grande partita di calcio sono presenti e rivelate tutte insieme, *nello stesso sguardo e nello stesso momento*: il tempo atmosferico, le condizioni del campo, il tuonare del pubblico, il continuo corricchiare sulle punte dell'arbitro, le buffe corse laterali dei guardalinee, il furioso gesticolare degli allenatori e il loro continuo confessarsi con gli assistenti e le piazzate che fanno al quarto uomo, le riserve ingobbite e depresse che siedono in panchina, il tabellone col risultato, la pressione del pubblico sui giocatori, i cartelloni pubblicitari con le loro nuove maledette scritte mutanti che non riesco mai a non seguire, i barellieri dalle gambe corte che scattano goffi al fianco dei dottori in giacca e cravatta quando c'è un infortunio, il vacuo ragionare dei tifosi accanto a te, i cori, gli irritanti annunci dello speaker e, più importante d'ogni altra cosa, la possibilità di osservare la posizione e il movimento e l'atteggiamento dei calciatori nelle parti di campo in cui non c'è la palla.

Dalla tribuna perdoni molto di più. Vedi tutto lo sforzo degli atleti. Apprezzi l'infinita difficoltà di riuscire a governare un pallone usando solo i piedi – di dribblare, passare, crossare, tirare. I giocatori sembrano più lenti e il pallone più veloce e gli scontri più duri di quanto appaiano in tivù.

Si sente più forte la presenza in campo della squadra avversaria.

Mentre alla televisione il calcio somiglia più a uno spettacolo, o comunque a un intrattenimento, e ciascun ostacolo alla vittoria della tua squadra viene vissuto con l'irritazione che accompagna ogni interruzione del godimento di uno spettacolo, dalla tribuna diventa invece evidente come il calcio sia un gioco, ancor prima d'uno sport, e un gioco molto difficile da giocare, ed è la percezione di questa estrema difficoltà a riempire l'animo di chi sta sugli spalti e finisce per applaudire convinto anche i tiri a lato o i passaggi ambiziosi ma non riusciti, mentre chi li vede da casa li considera solo degli errori e sbuffa innervosito.

Poi comincia la partita, e comincia male. Mourinho ha messo in campo perfettamente il Real, e sono più forti di noi. Ci schiacciano per tutto il primo tempo, che concludono in vantaggio per un gol disgraziato all'ultimo minuto che vediamo appena, un po' perché né io né Ettore lo vogliamo vedere, un po' perché viene segnato nella porta più lontana da noi.

L'intervallo sembra durare un attimo: il tempo di pisciare, dirci che a forza di correre non abbiamo mangiato nulla, e la partita sembra ricominciare subito, malmessa com'era prima.

Poi dalla panchina si alza Filippo Inzaghi, e lo stadio intero si mette a urlare, per o contro di lui. In campo ci sono ventidue campioni di ogni nazionalità, i titolari delle due squadre più titolate al mondo che stanno giocando una partita di Champions League, e tutto lo stadio guarda solo la corsa nevrotica di Inzaghi che si riscalda. È troppo lontano per vederlo in faccia, ma è impossibile non sapere che il suo volto è già diventato una maschera di tensione; impossibile non accorgersi che sta assorbendo tutta la nostra energia, che si sta caricando della gran cantilena continua e adorante che gli piove addosso dalle tribune, che è lui l'alfiere del nostro desiderio:

Pippo Inzaghi segna per noi!

È già caldo, già pronto per entrare, Inzaghi, saturo della sua adrenalina personale e della dose gargantuana che gli stiamo iniettando *noi*, che siamo decine di migliaia di suoi tifosi e abbiamo smesso di guardare la partita solo per vederlo scaldarsi, e d'improvviso abbiamo capito perché siamo venuti fino a San Siro – sia chi ha camminato per un chilometro sia chi ne ha percorsi in autobus cinquecento e più. Siamo venuti per veder segnare Filippo Inzaghi, il campione senza tecnica e senza fisico, l'uomo consacrato alla disciplina dell'allenamento, il più grande goleador di tutti i tempi nell'istintiva comprensione della natura casuale ed episodica del gol, capace come nessun altro di materializzarlo prima nel pensiero e poi nella realtà, di renderlo il frutto della volontà selvatica e ferina di un campione pazzo.

Entra, in un boato spaventoso, al posto di uno spento Ronaldinho e dopo qualche minuto Ibrahimović scappa sulla fascia e – lontanissimo da noi, dall'altra parte del campo – tira o crossa, e Casillas non trattiene, e Inzaghi supera tutti sullo scatto e mette in rete di testa, e lo stadio, cazzo, *esplode*!

Quando il Milan segna, Ettore e io esultiamo sempre, anche a casa. Ci alziamo in piedi, ci abbracciamo, ci stringiamo. Ma stasera è diverso. È un'altra cosa. Sembriamo indemoniati. Si urla e si alza le braccia al cielo, e ci si abbraccia con degli sconosciuti. Ci si afferra, e io lo sollevo in aria e lui mi prende per le guance e ci si dà delle grandi zampate. Orsi, sembriamo. Intorno a noi si crea il vuoto perché io mulino le braccia e vocio e la gente pensa bene di spostarsi, e l'esultanza dura a lungo, molto a lungo, e tutti si urla di continuo il nome di Inzaghi, e sembra passare un sacco di tempo prima che si possa rimettere la palla al centro e ricominciare a giocare.

Quando Pippo torna al centro del campo e ci mostra il pugno allora tutti ci si rialza di nuovo a salutarlo, e rimaniamo in piedi anche dopo la ripresa del gioco, e ancora ci si abbraccia e io strizzo le guance a Ettore come quando era bambino, e si scopre di non aver più voce, né io né lui.

Non passano dieci minuti che Inzaghi scatta sul famoso filo del fuorigioco – poi ci diranno che è scattato *oltre*, ma non importa – e controlla un miracoloso lancio perfetto di Gattuso e batte Casillas in uscita, e in tribuna scoppia letteralmente l'inferno! Di nuovo! Mi trovo abbracciato da un ragazzino urlante che mi salta al collo, alzo le braccia al cielo e urlo come un invasato, a gola piena, gli occhi sbarrati, il cuore che mi sfonda il petto. È il marasma. Vedo Ettore che esulta mezzo metro più in alto di me e non capisco come ci sia arrivato, lassù, senza salire in piedi sulle spalle del tifoso seduto sotto di noi, e lo afferro e lo abbraccio, e stiamo per rotolare giù per le tribune, io e il mio figliolo, perché Inzaghi ha appena segnato un altro gol al Real Madrid, a trentasette anni, e ora stiamo vincendo!

Avete mai avuto una passione? Anzi, *lo sapete* cos'è una passione? Siete sicuri d'averla provata, almeno una volta nella vita? Ah, mi accorgo di essere infinitamente felice! Di nuovo seduto accanto a mio figlio, senza fiato e senza voce, il cuore che mi batte impazzito fino nei timpani, io sono *infinitamente* felice, e per assaporare quest'ambrosia tengo gli occhi chiusi a lungo, finché il ringhiare del pubblico mi costringe a ricordare che la partita non è ancora finita, siamo entrati nel recupero e bisogna resistere agli attacchi del Real Madrid, che non è certo venuto a Milano per perdere, e di colpo si avvia a soffrire perché si ha paura di prendere gol alla fine, tutti noi milanisti dentro e fuori dal campo, e sarebbe troppo, sarebbe insopportabile dopo aver esultato così tanto, sarebbe inconcepibile, ma sono certo che non prenderemo gol – teniamo palla piuttosto bene, mi sembra: è entrato anche Seedorf, e lui la palla la sa nascondere come nessuno e la partita ormai è finita. Su, non è proprio possibile prendere gol, non è possibile, non stasera. E invece lo prendiamo. All'ultimo secondo. Un attaccante senza nome del Real si libera in area e in qualche modo riceve palla e tira da vicino, e Abbiati si fa passare il pallone tra le gambe. Due a due. C'è solo il tempo di battere dal centro e si sentono i tre fischi dell'arbitro e finisce la partita.

Mentre usciamo dallo stadio in mezzo a una marea di altri milanisti addolorati, non riesco a dire nemmeno una parola. Non riesco nemmeno a pensare. È un dispiacere fisico, mi sento come se avessi preso un cazzotto in faccia. Ettore e io siamo immersi in una gran fiumana di persone attonite che si muovono lente in ogni direzione tutt'intorno allo stadio, e già si sente qualcuno avviare a maledire Abbiati, Seedorf che avrebbe perso palla a centrocampo, l'incompetenza dell'allenatore, la sfortuna bestiale, Nostro Signore Iddio e la Santa Vergine.

Si avvia a scambiarci le prime spallate sgarbate con la folla che ci viene incontro, e il pensiero corre fiacco all'automobile da raggiungere in piazzale Chiesa e ai trecento chilometri da percorrere nella notte. Mentre continuiamo a camminare insieme all'armata in rotta degli altri milanisti ci sfila accanto una lunga fila di volanti della polizia coi lampeggianti accesi che scortano tre o quattro automobili scure coi vetri neri. Qualcuno dice che in una di quelle macchine c'è di sicuro Berlusconi, e mi volto per dirlo a Ettore che è proprio accanto a me. Lo vedo che sorride tra sé e sé. Gli chiedo come si sente, e lui mi guarda e mi dice:

– Che partita fantastica, babbo! Se l'avessimo vista da casa, saremmo stati solo arrabbiati, e invece io sono contento. Quanto ci siamo divertiti! Abbiamo visto Pippo segnare due gol, babbo! E siamo entrati con la tessera della Pugilistica! Grazie, babbo, grazie!

Mi abbraccia stretto, e per un attimo mi sento *preso in braccio*, come se fosse lui il padre e io il figliolo. Il suo abbraccio mi riscalda e mi consola e mi accompagna verso un altro stato d'animo, incomparabilmente più appropriato e maturo e intelligente. Quando mi lascia, sto già sorridendo. Qualche altro passo, e già si comincia a rievocare i momenti migliori dell'avventura che è stata l'arrivare a vedere questa partita: ci si racconta dell'esultanza pazza e del viaggio allucinante e delle file in autostrada e della paura di non arrivare e di Ugo Marchetti col trench e del ragazzo nero che ci ha fatto entrare e così, parola dopo parola, sorriso dopo sorriso, risata dopo risata, nasce un'altra leggenda che ci racconteremo prima di altre partite del Milan che andremo a vedere insieme, se Dio vuole, e si finisce per ridere e scherzare proprio come se avessimo vinto, Ettore e io, felici come lepri giovani in mezzo alla massa di gente rattristata che non s'è ancora accorta d'aver ricevuto il regalo più grande e raro, quello di poter vivere una passione ardente.

   Proprio come l'Italia, stiamo per partire per un lungo viaggio, nella notte. Ma saremo insieme, mio figlio e io, e andrà tutto bene. Sarà un bellissimo viaggio. Parleremo del futuro, sentiremo le canzoni di Neil Young, e poco prima di Piacenza Ettore si addormenterà. Andrà tutto benissimo. Lo giuro.

Ringraziamenti

Voglio e devo ringraziare Sergio Claudio Perroni, Eugenio Lio e tutti i Lio, Isabella D'Amico, Carmine Schiavo, Gaspare Galatioto, Andrea Salerno, Edoardo Marzocchi, Serena Papi, Massimo Turchetta, Mario Desiati, Sandro Veronesi, Alessandro Bompieri, Fabio Genovesi, Filippo Inzaghi, Lamberto Gestri, Carlo Longo, Sergio Vari, Alvarado e Paola Nesi, Ugo Marchetti, Emilio Tempestini, Michele Del Campo, Corrado Rossetti, Fredy Guarducci, Filippo Bologna, Lucia Governali, Alberto Magelli, Alessandro Bonan, Stefano Barni e tutte le mie amiche e tutti i miei amici di Facebook.

Naturalmente Elisabetta Sgarbi.

Naturalmente Carlotta, Angelica ed Ettore.

mai contro di te

Indice

Ieri	9
Quasi sette miliardi	20
Champion	33
Il numero uno	44
La vita è meravigliosa	46
Westminster Hall	59
Vinci per noi	71
Ogni giorno	72
ciao nesi	76
Del Campo	78
Barletta	89
Fast Forward	92
La crescita!	96
I Professori	103
Una notte d'argento	108
Ora	119
Vi ricordate	129
Immaginate	130

Epilogo

Noi non vi lasceremo mai	139
Ringraziamenti	157

Bompiani ha raccolto l'invito della campagna
"Scrittori per le foreste" promossa da Greenpeace.
Questo libro è stampato su carta certificata FSC,
che unisce fibre riciclate post-consumo a fibre vergini
provenienti da buona gestione forestale e da fonti controllate.
Per maggiori informazioni: *http://www.greenpeace.it/scrittori/*

Finito di stampare
nel mese di febbraio 2012
presso Grafica Veneta S.p.A.
Via Malcanton, 2 – Trebaseleghe (PD)

Printed in Italy